KB073785

과거에
이어
현재까지

과거에 이어 현재까지

ⓒ 정이로운 정애전, 2023

초판 1쇄 발행 2023년 10월 4일

지은이	정이로운 정애전
펴낸이	이기봉
편집	좋은땅 편집팀
펴낸곳	도서출판 좋은땅
주소	서울특별시 마포구 양화로12길 26 지월드빌딩 (서교동 395-7)
전화	02)374-8616~7
팩스	02)374-8614
이메일	gworldbook@naver.com
홈페이지	www.g-world.co.kr

ISBN   979-11-388-2356-2 (03810)

- 가격은 뒤표지에 있습니다.
- 이 책은 저작권법에 의하여 보호를 받는 저작물이므로 무단 전재와 복제를 금합니다.
- 파본은 구입하신 서점에서 교환해 드립니다.

과거에
이어
현재까지

정이로운 정애전

좋은땅

목차

1. 난 장애인이 아니야   6

2. 학창 시절의 칼날   11

3. 백과사전   21

4. 작은 소녀의 꿈   25

5. 다른 건 틀린 게 아니야!   30

6. 4차원 사고방식   37

7. 문과라고 다 여리지 않아   43

8. 인형이어도 생명이야   47

9. 자칭 다중 인격   52

10. 학생? 난 작가!   57

11. 내 이름은 134340   62

12. 칠흑 같은 밤과 두려움   72

13. 꽃말 나라   76

1. 난 장애인이 아니야

정이로운

'아, 맞다. 오늘도 안 가져오면 맞는다고 했는데….' 미아는 얼굴을 가리고 삔 적이 있는 다릴 절면서 정문 쪽으로 걸어가고 있었다.

힘없이 걷고 있는 미아의 발을 누군가 차 미아를 넘어뜨렸다. 아픈 발목을 문지르며 고개를 드니 자신을 내려다보는 애들이 있었다. 일어나고 싶지만 극심한 통증이 일어나면서 다시 주저앉았다.

"야, 장애인 돈 내놔."

미아는 점점 짜증이 나기 시작했다. 하고 싶은 말은 수만 가지지만 발목 통증으로 인해 아무 말도 내뱉을 수가 없었다.

"안 내놔? 야 때려."

수많은 발길질과 주먹이 미아를 향해 날아왔다. 미아는 많은 상처를 입은 뒤에야 정신을 차릴 수 있었다. 정문의 기둥을 잡고 미아는 통증을 참으면서 일어났다. 늘 있는 일이지만 날이 갈수록 폭력의 범위는 넓어져 갔다. 처음엔 버틸 수 있을 정도라 버텼다. 하지만 끝칼로 목숨에 위협을 받은 뒤 돈을 갈취당하니 이젠 장난이라고 볼 수 없었다. 미아는 1층에 있는 자신을 바라보았다. 단정했던 머리는 다시 헝클어져 있었고 몸의 일부분은 멍이 들었다. 발목은 멀쩡한 한쪽까지 삔 건지 극심한 통증이 일었다.

"아파…. 빨리 치료하고 가야겠어."

미아는 엉망이 된 몸을 이끌고 보건실로 향했다. 늘 보던 풍경에 보건 선생님이 지겹다는 듯 이름과 반을 물어보지 않고 손으로 가까이 오라는 제스처를 했다. 미아는 절뚝거리며 의자에 앉았다.

"대체 무슨 일이 일어나는 거니?"

치료를 끝내고 반으로 들어가니 머리에 통증이 느껴졌다.

"또 지각이니?"

담임 선생님이 출석부로 미아의 머릴 때렸다. 미아는 억울했다. 진실을 말해도 안 믿어 주고 늘 맞는 인생이 미아는 죽도록 싫었다. 미아는 자리로 돌아갔다. 팔에 얼굴을 묻고 한참을 울었다. 미아의 책상에는 애들이 남긴 욕과 심한 말들이 가득가득했다. 선생님의 조회가 끝나갈 무렵 미아는 고개를 들었다. 선생님 옆에 낯선 남자아이가 서 있었다. 그 아이가 입을 뗐지만 아무런 소리가 나지 않았다. 선생님이 미아의 옆자리를 가리켰다. 남자아이는 약간 쭈뼛거리더니 미아의 옆자리에 앉았다. 선생님이 나간 후 미아와 그 아이사이에 약간의 정적이 흘렀다. 도저히 참지 못한 미아가 그 아이에게 말을 걸었다. 그 아이는 약간 왜소한 체격에 행동이 느렸다. 눈은 부드러운 갈색이었고 머리카락은 햇살에 녹아든 듯이 부드러운 빛깔을 머금은 듯했다.

"아, 안녕."

그 아이의 목소리는 매우 작고 작은 목소리였다. 들릴 듯 말 듯한 소리였지만 아예 못 들을 정도는 아니었다. 미아는 이름을 물어보았다. 리안. 예쁜 이름이었다. 가만히 앉아 보고 있는데 애들이 수군거리는 소리 중 귀에 어떤 이야기가 걸렸다.

"역시 끼리끼리다. 리안이라는 애 자폐증을 앓고 있대."

미아는 귀를 의심했다. 자폐증? 정신 질환이라는 카테고리 문서에서 다루기 위해 무심코 훑어보았던 기억이 났다. 저 말이 사실이라면 리안의 목소리가 작은 것도 설명이 된다. 리안은 그런 수군거림이 무서운지 몸을 살짝 떨고 있었다. 미아는 조심스레 팔을 뻗어 리안을 감싸 안았다. 리안에 떨림이 멈추어질 때까지 리안의 눈에 수군거리는 모습이 보이지 않게끔 눈을 가려 주었다. 그 뒤 리안과 미아는 서로의 공통점을 알게 되었다. 둘 다 공부를 잘한다는 것, 책을 좋아한다는 것. 공통점을 알아낸 둘은 금세 단짝이 되었다. 리안이 말할 땐 미아가 도와주었고 미아가 다쳐서 움직이기 힘들 땐 리안이 도와주었다. 각자의 약점을 가려 주고 강점을 강하게 만든 둘은 어느 정도 평화롭게 지낼 수 있게 되었다.

그렇게 편하게 지내던 어느 날 둘의 발걸음은 도서실로 향했다. 하지만 하필 도서실은 휴관이었다. 리안은 그 옆 게시판의 있는 포스터를 물끄러미 바라보았다.

"리안아 뭘 봐?"

리안이 가리킨 곳엔 "자신의 이야기"라는 글쓰기 대회 포스터였다. 리안의 눈에 여태까지 보지 못했던 생기가 돌았다. 미아의 가슴도 어느새 뛰기 시작했다. 미아와 리안은 같은 생각을 한 건지 서로 눈빛을 교환하더니 학교가 끝나고 같이 문구점에 들려 200자 원고지를 샀다.

미아는 평소와 다름없이 리안이 기다리는 교문으로 갔다. 하지만 미아가 본 광경은 리안이 일진 몇몇에게 둘러싸여 있는 모습이었다.

"야, 얘 친구 왔다. 글동무 왔네."

언제 글 쓰는 걸 안 건지 리안이 둘러싸인 곳엔 원고지가 땅에 나뒹굴고 있었다. 원고지는 발에 밟힌 듯 신발 자국이 선명했다. 미아는 못 본 척하고 달렸다. 무서웠다. 그저 무서웠다. 그 뒤 리안을 볼 수 없었다. 건강상의 문제로 못 나온다고 선생님께 전해 들었다. 미아는 신경 쓰였지만 대회 마감날이 얼마 안 남았기에 신경 쓸 겨를이 없었다. 밤을 새워 퇴고하고 읽어 보고 미아는 마침내 소설을 완성시켰다.

며칠 후 미아의 글은 『난 장애인이 아니야!』라는 이름의 책으로 세상에 알려졌다. 선생님은 미아를 교무실로 불러냈다.

"미아야 너가 쓴 글을 읽어 봤단다. 미안하단다. 그래서 말인데 이 책을 발표해 보지 않겠니?"

갑작스러운 제안이었지만 미아는 수락을 했다. 어쩌면 그 아이들이 자신을 이해하게 할 수 있는 마지막 기회라고 생각했다. 미아는 아침 일찍 교문 앞에 도착했다. 앞에 익숙한 실루엣이 보인다. 부드러운 갈색 머리카락이 햇빛을 받아 반짝거렸다. 그 실루엣은 미아를 스쳐 지나가면서 쪽지와 물망초가 담긴 화분을 쥐여 주면서 이렇게 말했다.

"좋겠다. 난 떨어졌는데."

미아가 뒤를 돌아보았을 땐 이미 그 그림자는 사라졌다. 그 목소리는 들어보았다. 하지만 이번엔 적당한 크기와 높이었다. 쪽지에는 "날 잊지 마."라는 한마디와 함께 연락처가 있었다. 미아는 모두에 앞에서 담담히 책을 읽어 내려갔고 말을 끝맺자 갑자기 스크린에 영상이 재생되었다. 누가 만든 건지 모를 영상에는 미아가 폭력을 당하는 모습이 찍혀 있었고 마지막엔 글씨가 적혀 있었다.

"무언가를 얻었어? 이걸 괜히 준비한 게 아니야."

미아는 미소를 지었다. 마지막엔 이렇게 쓰여 있었다. "-자폐증 소년-"

"리안아…."

미아는 더 이상 힘들지 않았다. 외롭지 않았다. 미아는 행복을 얻은 것을 기뻐했다.

"난 장애인이 아니야!"

2. 학창 시절의 칼날

정이로운

어린 시절부터 20살이 된 지금까지 나의 12년의 학창 시절은 지옥의 불구덩이었다. 그렇게 오래 살아 보지도 않는 놈이 뭘 아냐고 화내겠지만 나의 정신 상태는 만신창이었다. 왜냐면 난 지속적으로 학교 폭력을 경험해 본 피해자니까…. 물론 공소시효가 한참 지난 뒤 말해 봤자 효력이 없겠지만 나에겐 복수와 증오라는 감정이 태어났다. 〈더 글로리〉에 나온 주인공처럼 복수를 하기엔 주적이 남자아이들이고 부모님이라는 게 함정이다. 나에겐 그럴 힘은 없었다. 그렇게 12년간 참아 온 분노를 토로해 내며 난 부모님께 전화를 걸었다. 그렇게 난 그들을 방관자라 칭했다. 〈더 글로리〉의 협박이라기보단 거래를 제안했다. 최소한에 내 편은 있어야 하니까. 뭐, 그의 죄를 감안하는 것은 내가 해야 하니까. 그들은 내가 보낸 마지막 기회조차 쳐 버린 것이다. 난 내가 가진 힘 중 글이라는 것을 쓰기로 했다. 사람들에게 가장 가까이 가는 책을 이용하는 것이다. 하지만 결국 돈이 있어야 책이 되는 법. 출판사를 이용해 돈은 둘째 치고 나의 과거를 사회의 풀어보겠다는 욕심이었다.

처음으론 살살 구슬릴 작정이었는데 아빠한테 강짜도 놨겠다. … 강하게 나가자 해서 협박… 아 아니 거래를 제안했다. 내가 출판할 때 30%의 경제적 지원을 하기로 했다. 계약서도 준비하고 나를 갑, 아빠를 을로 지정해 썼다. 계속 압박을 하다 보니 그쪽도 못 견디겠다는 듯 내 제안을 쳐내지 않았다. 가족 중 가까운 한 명을 내 팀으로 포섭하였으니 1명만 남았다. 특히 가장 강한 것은 엄마이기에 그쪽은 애초에 제안을 안 했던 것이다. 거래로 구슬릴 수 있었다면 협박 아 아니 거래를 시도했을 것이다. 하지만 그건 거의 목숨을 거는 도박 수다. 이렇게 첫발을 내딛은 것이다. 어둠만 보였던 내 인생에 한 줄기 빛이라도 비췄을까? 얼룩진 나의 과거는 한없이 날 괴롭혔다.

이런 이야기를 쓰는 게 도움이 될지 모르겠다. 다들 이런 소리를 들었을지 모르겠다. 공부만 잘하면 아무도 괴롭히지 않을 거라고 하지만 그럴 리가 없다. 딱 한 번 대면을 한 적이 있었다. 그 아이들이 하는 이야기는 가관이었다. 그냥 심심해서, 남들이 하니까. 즉 공부를 잘해도 나는 괴롭힘을 벗어날 수가 없었다. 물론 공부를 잘하는 건 아니었지만 나에겐 상처를 입기 충분했을 것이다. 난 눈물을 참으며 살아왔다. 늘 겪는 무관심과 투명 인간 취급…. 이젠 익숙해진 것들. 지난 9년간 난 장난감이었다. 고등학교 3년간은 부모님과의 불화와 나의 정신 상태였지만 중학교 3년과 초등학교 6년은 괴롭힘이 주스트레스였으니까. 난 어린 나이에 비해 마음이 성숙하고 영어를 7살 때 접했다. 엄마는 집안일을 했고 아빠는 자영업이었다. 집이 유복하다고 할 순 없었지만 그럭저럭 중간에 위치한 가정이었다. 난 집의 유일한 자식이었다. 오빠나 언니나 동생도 없는 외동이었다. 엄마도 어느새 회사를 다니기 시작했다. 어린 시절 난 집에서 7살 중반부터 혼자가 되었다. 그땐 감정도 풍부한 아이었지만 어느 순간부터 어둠에 발을 들였다. 점점 공부에 흥미를 잃어 갔고 책은 글이 많은 것을 싫어했다. 그땐 글씨체도 엉망이었고 전자기기도 없던 나였기에 타자도 잘 못 쳤다. 지금도 깔짝깔짝거리지만 예전엔 더 심했다. 지금 내가 이런 글을 쓰게 될지 몰랐다. 공부를 잘 못하게 되자 엄마와의 갈등은 날로 커져 갔고 엄마랑 나는 적처럼 지냈다. 아빠랑은 그저 그런 관계처럼 지냈지만 아빠랑 크게 싸울 때가 있었다. 난 늘 혼자였다. 엄마는 6시가 다 돼서야 들어오고 멀기에 너무 늦었다. 아빠도 저녁에 큰고모 집에 장갑 기계를 점검해야 해서 난 혼자 독백을 하거나 TV를 보면서 지냈다. 그냥 혼자 놀았다. 과자도 먹고 그렇게 지냈다. 친구를 집에 들인 적이 있었지만 그것도 잠깐이었다. 아예 친구가 없던 건 아니었으니 그럭저럭 학교생활도 잘했다. 선생님들께도 날 싫어하신 건 아니었으니 학교는 그나마 행복했지만 알다시피 내 이름은 어떤 형용사와 닮아 있다. 우선 나의 이름과 같은 형용사를 본떠서 나를 불렀다. 내 기억상 "정의롭지 않은 정이로운"이라고 했다. 난 그 호칭을 싫어했다. 그래서 "정의롭다."라는 말에 남들보다 더 격한 반응을 보인다. 그리고 그 형용사가 나올 때마다 "어?"라는 소리가 끊이질 않았다.

아마 내 이름과 닮아서 그런 것 같다. 이름은 둘째 치더라도 난 외톨이었다. 언어폭력을 수도 없이 당했다. 난 3학년 후반 즈음 전학을 가게 되었다.

또 다시 외톨이가 되었다. 그래도 친구를 강제적으로 만들려는 시도는 안 했다. 혼자가 좋았다. 배신을 하는 아이들을 보고 생각했다. 난 스스로 외톨이가 되는 길을 택했지만 5학년 때 그 아이를 만났을 때부터였을까? 난 함께라는 단어가 더 좋았다. 그 친구의 이름은 내가 반에 들어갔을 때 친해지고 싶은 친구로 점찍어 두었던 김이현이었다. 나에게 처음으로 다가와 준 친구였다. 항상 함께하길 바랐고 이현이는 날 싫어하지 않았다. '난 혼자인 게 좋아.'라고 생각해도 마음의 빈 곳은 채우질 못했다. 전에 남자아이들의 터무니없던 얼굴 폭력이라는 소리, 수도 없이 들은 언어폭력들…. 이현이는 나의 마음에서 커져 갔다. 이현이의 미소에 난 사르르 녹아 갔다. 점점 마음이 녹아내리기 시작했다.

계속 그냥 활발한 아이라고 알면 되었는데… 알면 안 될 것을 안 기분이었다. 이 이야기를 듣고 이현이에게 끝내 묻지 못했다. 혹여 상처라도 줄까 봐. 이현이는 수학 시간과 국어 시간에 자리에 주로 많이 없었다. 그땐 몰랐다. 이현이가 밑에서 약간 학년이 낮은 공부를 했다는 것. 난 아무것도 모르고 이현이랑 친구로 2년째 되던 해였다. 나도 조금 느꼈다. 이현이를 피하는 듯한 친구들의 모습이 이제 이해되었다. 선생님이 한 말을 듣고 난 이현이에게 이 질문을 할 수 없었다. "왜 나에게 친절하게 대해 주었어? 넌 내가 싫지 않아? 내가 이상하지 않아?" 혹여 이현이에게 피해가 가지 않을까라는 마음에 목 끝까지 차올라도 삼켰다. 이현이가 웃을 수 있게 때론 내가 힘이 되어 주고 싶었다. 이현이는 6학년 때까지 나와 같은 반이었다. 이현이는 내가 하는 방과후를 들었고 끝나면 항상 같이 하교했다. 집도 가까워서 같이 버스 타고 놀러가기도 했다. 중학교가 같은 곳이 되지 않을까 봐 이현이와 나는 노심초사했다. 난 외톨이가 되기 싫었다. 다시 혼자가 되기 싫었다.

중학생이 된 난 반 앞에 있는 영어실에 기대어 있었다. 점심때였나 …순간 내 품에 무언가가 안기는 기분이 들었다. 따뜻한 기운…, 항상 나의 손을 잡던 그 느낌…. 틀림없었다. 달려와서 나를 안은 아이는 나의 소중한 친구 이현이었다. 이현이는 이제 새로운 친구를 사귈 수도 있을 텐데 아직도 날 기억해 주었다. 난 마음이 울컥했다. 나에겐 더 이상 함께라는 말이 없을 줄 알았는데…. 이현이가 있는 것만으로도 행복했다. 이현이는 늘 날 보러 와 주었고 난 가끔씩 이현이를 만나러 또는 노래를 부르려고 반 앞 계단에 앉아 있었다. 그동안 난 반에 녹아들었고 남사친도 사귀고 괜찮은 나날을 보냈다. 하지만… 문제가 생겼다.

난 1-1반과 1-4반의 남자애 2명하고 함께 놀았다. 한 명은 화나면 무섭지만 평소엔 얌전한 아이였다. 한 명은 자칭 변태라고 하는데 키도 큰 아이었다. 난 그 둘이랑 대화했다. 한 명은 같은 게임 사전 예약, 한 명은 등굣길의 우연한 만남이었다. 같이 집에서 놀기도 하고 3년 내내 헛소문에 시달린 것은 1-4반의 그 아이 때문이었다. 그 애의 이름은 김건. 2학년 때 갈라지긴 했어도 그저 그런 일면식이 있는 친구로 지냈다. 1-4반에 있던 착한 아이다. 지금 날 기억할진 모르겠지만 이 글을 빌려 너에게 말을 전한다.

"야, 이 글 읽으면 기억 좀 해라!"

중학교 때 왜 이런 소문이 되었는지 모르겠는데… 나랑 김건이 사귄다? 이런 구설수가 1학년 전체에 퍼진 거다! 결국 난 우리 반에서 놀림거리가 되었다. 적어도 우리 반만 이러면 좋겠는데… 다른 반 여자애들도 곧이곧대로 믿다니! 전교생의 놀림거리가 아닌 게 다행이다. 물론 이현이도 믿었지만. 어찌저찌 됐고… 남자애들은 3년 내내 그걸 물고 늘어졌다. 심지어 내가 또 다른 남사친 있는 건 어찌 안 거지? 1-1반의 남사친은 이동규, 나랑 가장 오래 지내던 나의 남사친이다. 태연이라는 아이는 이 남사친하고 8년째 같은 반이었는데 중2 때 다른 반이 되었다. 안 그랬으면 둘이 사귄다고… 이런 이야기가 나돌았다. 잠깐.

"애들아 용서해 줘!"

동규는 내가 구설수에 오른 것을 알고 있었다. 적어도 동규에겐 피해가 안 가길 바랐다. 그런데 뭐? 바람피운다고? 절대 아니다. 동규랑 내가 같이 있던 걸 눈치챈 거다. 적어도 동규는 나의 구설수에 엮이면 안 됐던 것이다. 동규는 절대 참지 않던 아이였다. 자칫하면 날카로운 물건을 들이댈 가능성도 높다. 아니나 다를까 그날 역시 난 구설수로 놀림을 받았다. 내가 무시를 하고 있는데 동규가 자신이 해명을 하겠다고 했다. 난 말릴 수 없었다. 동규가 무슨 일이 있던 건지 내가 정신을 차렸을 때 동규는 분해하던 얼굴로 가위를 쥐고 있었다. 동규의 버릇이었다. 그래도 난 친구를 지킬 의미가 있다. 난 자리를 박차고 일어나 남자아이들을 향해 난 내가 싫어하는 유형의 사람을 소개했다. 확실히 남자아이들을 두고 하는 말이었다. 온전히 내 친구를 지키기 위해 내가 자발적으로 행동한 것이다. 나는 내 스스로에게 놀랐다. 놀림을 받던 내가 이렇게 담담하게 나서다니…. 나의 의지가 빛을 발했다. 하지만 남자애들은 웃기만 했다. 나도 성깔 있는 여자다.

"너희가 그렇다면… 나도 너희를 쥐어 패야지 뭐…."

난 리코더를 들고 남자아이들을 쫓아갔다. 난 스스로에게 또 놀랐다. 그 누구의 뒤에도 못 따라간 내가 엄청난 속도로 남자아이를 따라 잡았으니까. 아 물론 때리진 않았다. 잡진 못했고 난 폭력적인 여성은 아니니까 착한 내가 참아야지…. 일종의 위협이었다. 때릴 생각은 없었다. 리코더로 때리면 내 리코더가 망가지니까 애초에 힘도 없어서 불가능이었다.

괴로움을 안고 난 중2가 되었다. 하지만 난 중2병이 늦게 온 체질이라 마음이 여렸다. 중2는 나의 생각보다 남자애들이 날 놀리는 게 더

심해졌다. 나의 물건을 뺐고 날 교실에 가두었다. 이건 엄연한 폭력이다. 결국 중학생 때 난 위 클래스에 매일 갔다. 자발적으로 상담을 해달라고 거기 선생님께 졸랐다. 거기 선생님하고 나는 친했기 때문에 선생님께 의지할 수밖에 없었다. 난 거기에서 주로 상담을 끝내면 울고 있었다. 난 내가 감정적이지 않다고 다신 울 수 없고 진짜 웃을 수 없다고 생각했는데 난 울고 있었다. 왠진 모르겠다. 잘 알 수 없었다. 이미 감정을 숨기는 데 능통한 줄 알았다. 하지만 그래도 트라우마를 고칠 순 없겠지….

중학교 3학년이 된 난 이현이를 만났다. 같은 반에 배정이 된 난 이현이와 회포를 풀었다. 같은 반에 배정이 된 건 2년 만에 처음이다. 그 원수들과 같은 반이 안 된 게 행운이다. 하지만 다른 반 애들이 우리 반에 안 들어온다는 보장이 없지 않다는 걸 잊었다! 내가 속한 반은 여름엔 최고로 시원했고 겨울엔 완전히 따듯해서 다른 반 아이들이 자주 찾아왔다. 결국 결정적인 사건이 일어나고 말았다.

난 중학교 2학년 때 이후로 급식을 자주 걸렀다. 속이 자주 안 좋아져서 난 주변을 두리번거리면서 몸을 의자 위에서 흔들거리고 있었다. 그때 내 뒤엔 친구의 자리라 어쩔 수가 없었다. 뒤에선 남자애들이 청소도구함 앞에서 숙덕숙덕거렸다. 그때는 3학년이었고 점심시간이 좀 지난 뒤였다. 난 그때 머리를 안 묶고 풀고 있었다. 난 머리카락으로 얼굴을 가렸다. 멍 때리고 있을 때 나의 복부 쪽으로 들어온건 하나의 칼날이었다. 이걸 어디에서 가져온 건지 끌칼을 나에게 들이댄 것이다. 끌칼은 바닥에 붙은 걸 떼라고 있는 거지 사람을 위협하라고 있는 게 아니야! 주변을 보니 청소도구함 안에서 끌칼을 찾은 것 같다. 그걸로 날 괴롭힐 생각에 신나 있던 거였다. 남자아이들의 놀림에 난 속수무책이었다. 이번 건 선을 넘었고 난 목숨에 위협을 받았다. 자칫하면 난 죽지 않아도 상해를 입을 뻔했다. 난 결국 그 아이들을 선생님께 일러바쳤다. 내가 수학 부장이니 수학 선생님께도 일러바쳤다. 학교의 괴롭힘이 있으면 1단계 선생님이 수학 선생님이셨다. 내가 수학 부장이 아니면 바로 KO였다. 난 그 뒤로 남자아이들에게 수시로 괴롭힘을 당해 왔지만 난 신고를 할 수 없었다. 결국 난 나 스스로를 분리했다. 이상하게 들릴지 모르겠지만 나의 모습을 쪼겠다. 20개 이상의 인격으로…. 그 뒤에도 난 그들을 무시했다. 난 쪼개진 '나'들을 데리고 고등학생이 되었다. 그래, 그 뒤 내가 트라우마에 시달렸다고 했다. 난 하나의 공포증을 가지고 있다. 바로 선단 공포증이다. 물론 약간의 고소공포증도 가지고 있지만 미미하다. 선단 공포증은 나와 비슷하게 칼이나 날카롭거나 뾰족한 걸 무서워하는 공포증인데 난 처음에 그런 소재가 들어가는 〈데스게임〉 스토리와 그런 걸 콘텐츠로 만든 걸 보고 왜 무서워하는 거지? 그랬는데 내가 대상자가 되니 그 사람들이 정말 노력했구나라는 느낌이 들었다. 웃기게 만들지 않는 건 위험한데도 말이다. 난 칼이나 그런 걸 보면 바로 머릿속에서 그 영상이 재생된다. 그날 웃었던 남자애들. 그날 내가 죽었다면 어떻게 됐을까? 난 고등학교 1학년 때부터 끔찍한 하루하루를 보냈고

깨진 '나'들과 함께 자랐다. 그래 누군가에겐 짧고 짧은 인생이지만 나 자신에겐 몇 년이나 지난날들이었다. 나의 마음은 이미 돌이킬 수 없는 상처를 입었고 나의 정신도 이미 돌아갈 수 없다. 만약 과거의 나와 같은 아이들이 있다면 말해 주고 싶은 말이 있었다.

"죽지 마. 살아 있어. 넌 그 누구보다 소중해…."

만약 그때의 아이들이 이 글을 읽는다면… 날 놀렸던 아이가 이 수필을 읽고 날 기억한다면 그 마지막으로 내 마지막 남사친인 태기가…, 내 오랜 친구인 이현이가… 친해지진 못했어도 같은 반이었던 태연이가, 승희가 이 글을 읽는다면 동규도 이 글을 읽고 김건도 내 다른 학교에 있고 1년간 같은 반 또 나랑 팀을 했던 다희도 날 기억한다면…. 이 글에 내가 살아 있다는 것을 알아주면 좋겠다. 난 지금 잘 지내고 있다고 알아주면 좋겠다. 난 행복하다!

3. 백과사전

정이로운

나는 핸드폰이었다. 지금은 서랍 속에 방치되었다. 한마디로 폐기될 운명에 놓였다. 서랍 속에서 고유한 푸른빛을 내며 신호를 보내고 있었다. 서랍 속이 더욱 어두워질수록 나는 더욱 두려움에 빠져들었다. 주인님을 애타게 찾아도 주인님은 날 찾지 않았다. 난 너무 두려웠다. 가만히 눈을 감고 밖에 들려오는 소리, 다른 아이들이 사용당하는 소리가 들려왔다. 빠르게 돌아가는 모터 소리, 탁탁거리는 불붙이는 소리, 뚜껑이 열리는 소리마저 나에게 흘러 들어왔다. 나에겐 그 소리 하나하나가 죽음의 카운트다운 같았다.

이 서랍에 갇힌 지 거의 2년이 다 되어 가던 해였다. 난 힘겹게 눈을 뜨고 서랍 속을 둘러보았다. 자석, 스테이플러, 마스크, 알 수 없는 비닐들…. 척 봐도 쓸데가 없는 것들이었다. 나는 그들 틈에 끼어 자고 있었다. 나는 안쪽으로 기어갔다. 지금 한낱 핸드폰인 내가 어떻게 움직일 수 있는지 모르겠지만 어쨌든 더 안쪽으로 들어가니 제법 공간이 넓었다. 그곳에는 용도를 알 수 없는 케이스와 충전 케이블이 있었다. 난 그들에게 다가갔다. 순간 놀라는 표정을 짓긴 했지만 나의 사정을 듣고 이해한 듯 그들은 조심스레 일어났다.

"요약하자면 너도 우리 주인님께 잊혀진 물건이라는 거지?"

모서리 부분이 깨지고 때 때문에 더러워진 케이스가 먼지로 인해 기침이 나는지 콜록거리면서 나에게 말했다.

"나도 그래. 바로 충전이 안 된다며 버리다니…."

들어온 지 얼마 안 돼 보이는 케이블이 살짝 끊어진 자신의 충전 부분을 곤두세우며 짜증을 냈다.

"나는 어떤 줄 아냐 이것들아? 난 소리가 잘 안 나온다면서 얼마 뒤에 버린다잖아!"

한쪽에 전선이 끊어진 이어폰이 가장 오래된 건지 목이 쉰 목소리로 화를 냈다.

나는 이들에게 나의 사정을 설명했다. 유심칩을 제거하지 않고 어느 날 2년 전 오늘과 비슷한 계절에 이 서랍에 처박혀 늘 두려움에 떨고 있다는 것, 이젠 내가 뭔지도 모르겠다는 것, 정체성이 희미해진 것도 몇 년째인지 모르다고 하니 가장 나이가 많아 보이는 스피커가 나를 보았다.

"보아 하니 아직 쓸 만한 아이구만. 주인님이 매정하긴 하셔도 널 버리지 않은 걸 보니 널 내치지는 않을 거다."

나는 그 스피커를 올려다보았다. 윗부분이 해져 있었고 스피커의

빛이 반짝거렸던 부분은 이미 필라멘트가 끊긴 건지 빛이 나지 않았다. 버튼은 이제 말을 듣지 않았다. 나는 작게 중얼거렸다.

"상태가 이상해⋯."

그 소리가 들린 건지 얼마 전에 나랑 같이 서랍행이 된 블루투스 이어폰이 콩콩거리며 뛰어나왔다.

"야, 너 뭐해! 자리로 가자!"

나는 아쉬움을 남기고 다시 블루투스 이어폰의 곁으로 갔다. 블루투스 이어폰은 내가 다른 아이들과 어울리는 게 싫은지 방금 일로 화가 난 것 같았다. 팔짱을 끼고 되게 토라진 모습이었다. 블루투스 이어폰은 집으로 들어가 자 버렸다. 난 블루투스 이어폰을 더 자세히 보았다. 스피커 역할을 해 주던 막은 사라졌고 그 안 스피커는 망가져 있었다. 늘 반짝이게 빛을 내던 부분도 지금은 차가운 회색이었다. 그 아이가 집이라고 칭하는 곳도 더 이상 초록색의 문자판을 보여 줄 수가 없었다. 충전 기능이 고장 난 것 같다. 옆에 있는 다른 쪽도 똑같은 듯해 보였다. 나는 조용히 뚜껑을 닫았다.

얼마 후 시간이 5년 지났다. 서랍이 열렸다. 내 눈앞에 보인 건 그리고 그토록 애타게 부른 주인님이었다. 날 보자마자 주인님은 커버를 벗겼다. 날 어쩌려는 건지 모르겠다. 그 순간 난 의식을 잃고 말았다. 유심이 빠진 건가? 하나는 확실했다. 더는 이 몸에서 눈을 뜰 수 없다는 것.

얼마나 시간이 흘렀을까? 눈을 다시 떴을 때 나를 바라보는 건 내가 서랍 속에서 만난 친구들이었다. 꿈이었나?

"야! 일어나! 우리도 A/S 받고 일어났는데 자고 있으면 어쩌자는 거야?"

그 말에 난 나의 몸을 바라보았다. 나아진… 아니 훨씬 더 좋아진 모습이 눈에 보였다.

"아, 안녕? 난 태블릿이라고 해. 잘 부탁해!"

난 그 뒤로 많은 친구들을 만났다. S펜과 태블릿도 새로운 친구들이다. 블루투스 마이크도 친구였다. 아직 어둠은 무섭지만 그래도 이제 두려움에 떠는 나날은 더 이상 늘어나지 않을 것이라고 확신할 수 있었다.

4. 작은 소녀의 꿈

정이로운

    처음에 쓴 수필을 보면 난 글을 쓴다고 했었다. 언제부터인진 잘 모르겠지만 어느새 글의 맛을 느낀 후에 난 정신을 못 차린 것이다. 더 많은 것을 보고 싶고 알고 싶고 일단 무언가라도 얻고 싶었다. 정확한 글을 쓴 것은 고등학생부터였을까? 중학교 때 난 조용하고 잘 떠들질 않았다. 조용하게 지낸 날이 많을 거다. 어떤 이야기를 쓸지 고민하다 유튜버분의 콘텐츠를 패러디해 보고 우리 아이들을 출현시켜 이야기를 탄탄히 했다. 오디오 북과 여러 가지 면에서 난 내가 쓴 이야기와 패러디로 세상이 넓어졌고 나 스스로 행복을 쟁취했다. 처음엔 나도 글의 욕심이 없었다. 진작 있었다면 중학생 때부터 글쓰기에 목숨을 걸었을 것이다. 나는 중학교 때부터 글쓰기를 시작했고 학교에 있을 때 한 번도 손에서 펜을 놓지 않았다. 몇 가지 경우를 제외하곤 절대 놓지 않고 쉬는 시간이건 공부 시간이건 글 생각으로 하루를 보냈다. 심지어 시험을 치를 때마저 난 글을 쓰고 싶었지만, 부정행위로 걸릴까 봐 종일 잃았다. 글을 타의로 인해 못 쓰면 나는 급격히 몸이 안 좋아진다. 그래서 펜을 놓고 싶어도 못 놓았던 거다. 우리 학교는 핸드폰을 걷으니까 학교 쉬는 시간에 너무 심심해서 난 공책을 펼친 게 시작이었다.

처음부터 정보를 찾은 건 또 아니었다. 간단히 내가 한 게임에 리뷰 같은 걸 써 보고 만화를 그리고 그림도 그려 보고 처음부터 소설과 시를 즐긴 건 아니었다. 전학 오기 전 시를 3편을 썼지만 다 심심풀이용이나 다름없고 방학 숙제나 방과 후 학교 수업이었다. 그 이외엔 학교에서 글을 쓴 적은 초등 땐 없던 것 같다. 그땐 글의 맛은 몰랐으니까 그냥 느낌만 느낀 정도? 시집은 어렸을 때부터 좋아했다. 시집을 잡으면 종일 밥도 안 먹고 읽었다. 8살 때부터 끼 많은 나의 모습을 버린 것 같다. 크리스마스 선물로 자주 책을 받기도 했다. 싫진 않았지만 좋지도 않았다. 초등학교 때는 글을 쓰지 않았지만, 글을 많이 읽었다. 본격적으로 시작한 건 중학생 때다. 중학생 때는 심리학에 관심이 생겼다. 나의 정신 상태가 어두워진 것도 그즈음이었다. 난 8살 때부터 스스럼없이 괴롭힘을 당했고 친구들의 사소한 말 한마디에도 상처를 쉽게 받았다. 뭐만 하면 친구들보다 뒤처지고 항상 습득이 늦어서 뭐만 하면 실수하고 친구들에게 배척당하기에 십상이었다. 친구는 자연스레 사라졌고 난 늘 혼자였다. 물론 아예 없던 건 아니었다. (이현이가 내 곁에 있었다.)

중학교 때도 역시 난 계속 작은 공책에다 글을 썼다. 중학교 땐 몸이 매우 허약했지만, 나의 글쓰기는 멈추지 않았다. 계속계속 손에서 펜을 놓지 않았다. 중학교 중반부터 난 몸이 자주 아프기 시작했고 조퇴를 하는 일이 늘어났다. 중학교 때 중3 때부터 난 소설가의 꿈을 잡았다. 오히려 남자아이들이 준 선물은 정말 고맙지만 그래도 내 인생의 3년은 어떻게 보상받아야 할까? 솔직하게 말하면 복수밖에 없다. 글을 처음 썼을 땐 나의 울분을 표출하기 위해서였다. 그동안 내가 받아 온 아픔들 그 수많은 기억. 근데 지금은 아니라고 할 수 있다. 나는 고등학생이 된 후부터 난 공감 능력이 뛰어나다는 사실을 알았고 극작에도 흥미를 붙이고 있었다. 그 누구보다 소설을 읽을 때 감정을 쉽게 느꼈다. 영상이든 게임 콘텐츠든 소설 또는 수필이든 난 슬프면 눈물부터 흘리기 바빴다. 그래서 〈데스 게임〉을 보았을 때 왜 이랬는지 그 과거를 듣고 공감을 쉽게 했다. 물론 그 생각을 가족 중 나의 이야기를 잘 들어 준 아빠에게 알려 주었지만 게임의 형식이라 지루하다면서 내용이 아닌 게임 진행만 봤던 걸로 인해 난 분노했다. 게다가 분야가 다른 〈더 글로리〉와 비교를 하니 난 분노를 참을 수 없다. 〈더 글로리〉는 한 사람을 괴롭히고 죽였는데 귀한 고위층 자녀들 살리겠다고 어린 학생 5명이 희생당해서 그 고위층 자녀 중 그들의 친구가 피에 복수하는 내용인데 어떻게 내용을 안 보고 결과가 살인이라고 해서 무조건 나쁘다고만 보고 그 아픔을 이해하지를 않는 걸까? 그래. 살인은 결코 정당화할 순 없다. 엄연한 범죄임이 틀림없다. 근데 더 나쁜 건 그들이었다. 어째서 그 이야기의 아픔을 이해 못 할까? 한 번도 다른 사람들에 고통에 안 머물러 보았는가?

　그 이야기에 죽은 아이들이 자신의 아이라고 생각해 봐라! 그날 순서도 뒤로 가고 혈액 팩이 오염되었다는 같잖은 거짓으로 죽은 5명의 아이 중 자신의 아이가 있다고 생각해 보란 말이다! 오염? 수혈 불가? 같잖은 소리 하지 마. 그건 다 그 귀한 집 애들 살린다고 가져간 거잖아. 난 그 스토리에 큰 감격하였다. 그 뒤 결심했다. 세상은 부조리하다. 불평등하다! 난 그것에 맞서 싸우는 유토피아를 만들어 내기 위한 글을 쓸 거라고…. 그렇다. 그건 나의 헛된 소망일지도…. 하지만 이미 결론이 났다. 난 해낼 거다. 할 수 없다는 건 나도 알고 있다. 그저 이상론이겠지? 하지만 난 노력을 하고 안 되는 것이 낫다. 아니 안 될 거라면 더 나은 결과를 만들 거다.

　그것이 내가 사는 이유이고 나의 사명이다. 결코 이 세상이 부조리함으로 썩어 가는 것을 볼 수 없다. 나와 또 우리 후손들이 살아갈 세계가 이곳이다. 이상론을 향하는 글쓰기가 미친 것이라고 하겠지. 누가 보면 난 공산주의를 옹호하는 것처럼 보일 수 있다. 하지만 난 그런 평등함을 바라는 것이 아니다. 누구든 누릴 수 있는 마땅한 권리를 나누는 자본주의를 원하는 것이다.

　그래서 난 오늘도 컴퓨터 자판에 손을 올린다. 이 수필이 어느 결말을 맞을지 진짜 희망을 전할 수 있을지는 모르지만 지금 20살이 된 작고 작은 소녀의 소중한 꿈이 세상을 밝힐 그날까지 나의 손은 멈추지 않을 거다. 그 소녀도 그렇게 바랄 거고 나 역시 그걸 바라니까. 그 소너가 날 바라보면서 했던 말이 있다.

"할 수 있을까?"

난 웃으면서 답했다

"안 될 게 있어? 내가 이뤄 줄게."

그 소녀의 꿈은 내가 이뤄 주어야 할 것 나의 사명이다.

5. 다른 건 틀린 게 아니야!

정이로운

머리가 너무 아파서 부여잡고 침대에서 일어났다. 나의 꼬리뼈 주변에는 꼬리가 나 있다. 난 인간 마을에서 정체를 숨기고 사는 구미호다. 요즘에는 흔치 않은 요괴 종족이지만 옛날에는 흔한 정도가 아닌 산에서 사람을 만나면 100%일 정도라고 했다. 난 그중에서 우연히 살아남았다.

"오늘은 머리가 어질거리네. 어?"

털 몇 가닥에 묻은 희미한 자국, 인간이라면 알아보기 힘든 자국이지만 구미호인 난 그 흔적을 놓치지 않았다. 나는 조금 핥아 봤다. 쓴쇠 맛이 느껴진다.

"피?"

꼬리가 현란하게 움직였다. 아무래도 어젯밤에 죽은 사람이 있겠다. 제아무리 내가 숨긴다고 하더라도 난 본능을 이길 수 없다. 만월에는 인간을 무차별적으로 살인해서 먹어 버렸다. 구미호의 피가 끓

어오르기 때문에 어떤 것도 나를 막을 수 없다. 이번에도 같은 상황일 것이다. 아침에 일어나면 난 늘 하는 일이 사냥이라 하기엔 뭐하지만, 시장에서 무언가를 탐색했다. 고기랑 생선을 광적으로 찾아서 가게 주인들은 날 알아본다.

"뭐, 뭐지? 이 느낌은?"

알 수 없는 느낌 분명 야생 동물이었다. 이런 상황에서 마주칠 줄은 몰랐다. 이런 상태에서 구미호라는 것을 들키면 난 사살당할 것이다. 물론 쉽게 당하진 않을 테지만 일단 내 직감으론 덩치는 평범한 듯하지만, 보통의 범위가 아니었다. 일단 이 자식을 유인해야겠다. 여기까지 생각이 미쳤을 때 예상대로 야생 동물이 뛰쳐나왔다.

"호, 호랑이? 요괴?"

호랑이가 날 보더니 반요 형태가 되어 무릎을 꿇었다. 그러더니 인사를 했다. 난 어안이 벙벙했다. 아무리 요괴라 할지어도 분명 이쪽 부류의 요괴는 거의 말살당했을 텐데 남아 있다고? 말이 안 된다.

"아무리 그래도 사정은 물어보는 게 예의겠지?"

그건 그렇고 이 자에게 사정을 들어보면 가능할지도 모르겠다. 야생의 본능이 꿈틀거리지만 참을 수밖에 없었다. 보는 눈이 많다 보니 난 그와 함께 산으로 갔다. 산으로 들어오니 긴장이 풀린 건지 난 구미호의 모습이 드러났다.

"아아, 우리의 왕이시어…."

난 머리를 짚었다. 그 명칭은 버린 지가 몇 년인데! 아니라고 할 수도 없기에 일단 침묵으로 답했다. 구미호는 요괴뿐이 아니라 모든 야생 동물의 왕이니까 사실상 구미호를 이길 동물이나 영물이 있을 리가 없었다. 우리 종족의 역사를 살펴봐도 구미호보다 강한 건 산신령뿐이셨으니까.

호랑이는 자신은 호랑이족에서 유일하게 살아남은 후손이면서 오래전 전쟁에 참여했다고 했다. 그 전쟁은 우리 같은 요괴들의 90%를 죽여 버린 엄청난 전쟁이었다. 이해되지 않는 부분은 왜 우리를 공격했냐는 거였다. 구미호인 우리는 그렇다고 쳐도 다른 종족들은 그럴 이유가 없었기 때문이었다. 나와 같은 구미호는 사람의 심장과 간을 빼먹는 종족이기에 그럴 수밖에 없다고 해도 다른 종족은 사람의 내장도 먹지 않고 사람을 다치게 한다면 다치게 했겠지만 죽인 사례가 많지 않았다. 왜냐면 그럼 구미호 종족에게 먹히는 벌을 받았을 테니까. 우리 종족이 내릴 수 있는 형벌은 죽음이었다. 나는 호랑이를 훑었다. 몸이 말라 있고 옷이 해져 있었다.

나는 호랑이에게 내가 아끼던 고기를 주었다. 얼마나 배가 고프면 산골에서 인간 마을까지 왔겠냐마는 함부로 내려오면 내 임무를 시행하는 수밖에 없었다. 호랑이의 모습을 보니 동물이건 인간이건 어떤 형태로도 내가 체급상으로 유리한 상황이다. 하지만 생존자인데 무자비하게 살해해 버려도 괜찮을지 걱정이었다.

"배는 고프고 그렇다고 죽이긴 싫고…. 이를 어쩐담."

배가 고파 왔다. 하긴, 아침도 안 먹고 다짜고짜 산에 올랐으니 먹는 걸 보니 더 배고팠다. 내가 배고픈 것이 보였는지 호랑이가 나에게 동물의 살점을 내밀었다. 일단 교양이고 자시고 일단 배부터 채우기로 했다.

허기가 거의 가라앉았을까? 진정되니 그제야 이성이 돌아왔다. 하지만 이 호랑이를 어쩌지? 아무리 왕이라 해도 나는 아직 구미호 나이로 2000살밖에 안 된다. 구미호 나이는 3000살이 청소년이기 때문에 3000살이 되면 집행할 수 있겠지만 아직 어려서 걱정이 된다.

"저… 아직 어린 구미호신가요?"

나는 놀랐다. 아무리 요괴여도 어린 구미호인 걸 알아보는 건 처음이었기 때문이다.

'향기가 났나? 아니면 모르는 사이에 나의 살갗을 맛본 건가?'

별의별 추측이 난무했다. 그리고 살짝 무서워졌다. 아직 어려서 여우 구슬도 얻지 못한 꼬맹이니 약할 수밖에 없다. 구미호는 여우 구슬을 이용해 나이를 점칠 수 있고 여우 구슬의 노련도에 따라 계급이 나누어진다. 적어도 인간들보다 이상적이다. 극한의 효율주의긴 하지만 그래도 갈궈서 내리진 않으니 왕족이라 할지어도 나 같은 아이들은 후계 자격이 없다. 아직 얻지도 못했는데 노련도는 나에게 어울리지 않았다. 왕족은 얻는 조건이 까다로운데 난 궁 안에서 망나니나 다름없었으니 그리고 이미 무너진 왕국. 난 여우 구슬을 더 이상 얻을 수 없다. 가슴이 아리다. 숨이 찼다.

"콜록… 콜록콜록."

나는 연신 기침했다. 정신을 차리니 나의 입에선 피가 흘렀고 바닥에 핏덩어리가 있었다.

"또… 시작이구나…. 콜록! 콜록!"

아직 어린 구미호 규율을 어겼다. 날것을 먹으면 안 되는데… 고파서 어겨 버렸다. 멈추지 않았다. 피가 나오니 철분이 부족한 건지 어질어질해졌다. 마지막 기억으론 호랑이가 나에게 뭐라고 한 후 떠난 기억뿐이다. 하지만 그 말마저 잘 들리지 않았다. 점점 몸이 아파졌다. 팔다리는 점점 마비되어 갔고 숨은 막혀 와서 정신을 잃을 것 같았다.

"이트야!"

누군가 날 부르는 소리를 끝으로 난 정신을 잃고 말았다.

*

*

*

시간이 얼마나 흐른 건지 알 수 없었다. 코를 찌르는 낯익은 향에 눈을 떴다. 눈앞에 낯익은 향의 원천이 있었다.

"윽… 향이 강해 어지러워."

어릴 때 맡아 본 익숙한 향이지만 맡을 때마다 점점 졸려진다. 누가 피워 놓은 건진 몰라도 악질이다.

"벌써 일어난 거야? 곤란한데."

"오빠?"

눈앞에 나타난 건 내 오빠였다. 아무래도 향을 피운 것도 오빠겠지. 오빠는 고양이 족이지만 2000년간 같이 살아서 오빠라고 하면서 지내고 있었다. 근데 아쉽다니?

"아이 거참. 재우고 그냥 두려고."

근데 뭐가 곤란하다는 건지 알 수가 없었다. 지금 와서 생각해 보면 오빠는 내 꼬리 1개를 잘라 버리려고 했을 것이다. 오빠가 탐내던 꼬리가 있었다. 분신을 쓴다고 했던 것 같다.

"하아… 오빠 이라 언니 부르기 전에 가라."

오빠는 아무 소리 안 하고 나갔다. 난 베개를 집어서 향을 부숴 버렸다. 하지만 향에 오래 노출되어서 침대에서 내려오자마자 주저앉았다. 어지럽고 숨이 찼다.

"물병이 있는데… 어디 갔지."

손에서 물병을 놓쳐 버렸다. 물을 마시면 향에 효능에서 벗어날 수 있는데 노출된 지 좀 되어서 몸에 힘이 안 들어갔다. 흔하지 않은 종족이라 배척된 것도 서러운데 향 하나에 좌지우지당하는 나 자신도 밉다.

그 이후 20년 정도 지났을까? 다행히도 난 살아남았다. 내가 잃은 것은 여우 구슬과 구미호의 모습뿐이었다. 목숨은 지켰지만 그래도 이제 난 살 수가 없다. 여우 구슬과 귀와 꼬리를 잃어버렸다. 구미호라는 종족을 잃었다. 그래도 배척당하는 인생이니 뭐 크게 다를 건 없었다. 인간으로 살든 구미호로 살든 난 여전히 틀린 모습이었다. 생활은 크게 다른 건 없다. 없을 터이지만 이제 인간으로 몇 년을 더 살진 모르지만 내가 구미호였던 사실이 틀린 건 아니니까. 이제 틀린 게 아닌 다른 인생을 살기로 했다. 내가 주범이었던 과거는 버린 채.

6. 4차원 사고방식

정이로운

난 달랐다. 아니 지금도 다르다. 이건 어렸을 때부터 하고 싶은 게 아니 생각이 많아서 한 가지에 집중하기 어려웠던 소녀의 3번째 수필이다. 처음부터 4차원이었던 건 아니었다. 나도 다른 여자애들처럼 평범하게 인형을 좋아하고 공주도 좋아했던 아이였다. 원피스도 입고 치마도 입고 아마 모두가 생각하는 것과 별반 다르진 않겠지만 7살 때부터 뭐랄까 살짝 남성스러워졌달까? 그 사실 난 몸은 여자인데 성격은 살짝 남자다. 그러니까 내가 생각해도 이상하다. 몸은 여자 성격은 남자? 7살 때부터 난 바지만 선호했고 치마나 원피스는 죽어도 입기 싫었다. 그리고 공주보단 히어로 물을 좋아했고 어드벤처나 판타지 쪽에 관심이 쏠렸고 블록을 가지고 놀았다. 한마디로 7살 때부터 여성스럽다고 볼 만한 상황이 아니었다. 아니 난 그때 여성스럽다는 말이 무슨 말인지 몰랐지. 솔직히 지금도 모른다. 여성스럽다는 게 무엇인지 모른다.

8살이 되면서 난 꿈이 바로 생겼다. 난 7살 때부터 공 차는 걸 좋아했다. 달리기도 좋아했다. 그러다 보니 자연스레 축구선수가 꿈이었다. 난 남들보다 꿈을 단순하게 잡은 편이다. 그러다 탐정도 되고 어이없는 걸 꿈으로 잡을 때도 있었다. 아마 사고방식이 달라진 게 초4 때부터였던 것 같다. 난 진짜 어렸을 때 터무니없는 질문을 많이 했다. '아무리 생각해도 당연한 것을 왜 묻지?'라고 생각할 만큼 속사포로 질문을 했다. 들으면 또 궁금하고 질문 주제도 아무렇게 쓱쓱 바꾸었기 때문에 사람들이 예측 불허이긴 했다. 아 일부러 그런 건 아니었다. 그냥 진짜 순수하게 궁금했다. 하지만 대부분의 사람은 나랑 대화하지 않았다. 이유를 들어 보니 뭐 싫어서는 아니라고 했다.

애들보다 내가 철이 없는 성격이긴 했다. 보통의 아이들보다 순수하고 말수가 적다 보니 먼저 말을 거는 것도 부끄러워서 친구도 반에 1~2명이 다였다. 그리고 내가 분명히 말을 걸면 차갑게 받아치는 편은 아니라서 말을 걸면 반응 잘하는 게 내 주특기긴 하다. 거짓말이어도 진짜? 대단하다! 이런 반응해 주는데…. 뭐라 했더라? 말 걸기 무섭댔나?

중학교 땐 적어도 다 말 걸기 편했다. 내가 다짜고짜 말 걸긴 했었다. 그래도 다신 안 하기로 했다. 역효과가 발생했기에 힐끔힐끔 보는 게 다였다. 친구는 내 현재 연락 친구 이현이가 다이긴 한데 전엔 남사친 2명 있었다. 딱 그 3명하고만 친했다. 그 친구들은 다행히 몇 날이 지나도 날 버리지 않았다. 물론 중학교 생활이 순탄치 않은 것은 내 첫 수필에서 들어갔다. 기억하기 싫은 과거다.

고등학교 때는 진짜 완전 극 I 성향으로 치우친 뒤였을 것이다. 그때 난 작가가 되겠다는 마음은 없고 그냥 극작을 즐겼다. 처음부터 소설을 쓴 건 아니고 살짝 게임 유튜버들이 한 콘텐츠를 모방해서 써 보고 없는 뒷이야기 만들어 내고 하다가 딱 자작 소설을 썼는데 그것이 단편 소설이었다. 배우기 한참 전에 쓴 거라 개판인데 그것이 호평받았다. 장편으로 써 보면 어떻겠냐는 소리를 들었기에 작가의 길을 정진하게 되었다는 소리…이긴 한데 사실 작가는 약간 특이해야만 한다는 생각을 가지고 임했다. 이게 쉬운 일이 아닌 걸 너무 늦게 알아챘다. 사실 되게 별난 아이이긴 해서 애들하고 다른 모습으로 글에 임하고 미친 듯이 손에서 펜을 안 놨어! 그냥 죽을 듯이 쓰긴 했는데 타자 치는 것과 손으로 쓰는 건 많이 달랐다.

살짝 고등학교 얘기를 병행해서 시선을 얘기하자면, 선생님 말로는 내가 성숙하다는 소리가 나돌았다. 사실 내가 생각하기엔 그냥 나는 애정 결핍 꼬맹이에 지나지 않는데 막상 말을 그렇게 해 주니까 신기했다. 다른 애들보다 정신적이나 행동적으로 나이와 많이 달랐다. 예로 우리 부모님과 친척분 말을 빌려 하자면 내가 아직 아기 때부터 얌전했다고 말을 하셨다. 난 내 과거를 기억 못 해서 물어봐서 겨우겨우 안 거다. (사실 지금 조카가 있다. 한 명이 성질이 장난 아니다.) 내가 얌전한 건 맞는데 어린애면 좀 난리를 쳤을 텐데. 친척분은 아니라고 엄청 얌전했다고 했다. (어렸을 때 난 큰고모 집에서 자랐다. 큰고모 피셜이니 맞을 거다. 난 듣고 놀랐다.) 잘은 모르겠지만 그 여파가 있긴 하다. 지금은 조금 자라서 그딴 장난은 치지 않고 싶다면 거짓이고. 큼…. 사실 지금도 장난을 치고 싶다! 해외여행 갔을 때 내가 장난을 쳤었다. 내 아빠 머리 위로 비둘기가 스치듯이 지나갔는데 이때다! 장난기 발동! 내가 키가 약간 조그마해서 폴짝! 뛰어서 손으로 스치듯이 아빠 머리를 건드렸더니 그걸 속았다. 근데 양심에 가책이 좀 느껴져서 실토했다. 일단 이 이야기에서 알 수 있듯이 정신적으로 아직 어리다. 장난을 못치면 약간 몸부림을 친다고 보면 된다. 한마디로 난 어린아이의 시점으로 바라보기도 하기에 내 시점은 과거다. 그래서 세상에 반항하는 꼬마 아이인 글이 많다. 막 세상을 욕하거나 막말을 하거나 떼를 쓰는 글은 아니지만 내가 쓰는 소설의 주인공이 다 아이인 점이 바로 그 중 거다. 그 아이들은 다 한 곳이 남이 보기엔 조금… 이상한데 내 눈엔 정상이다. 막 자연을 저주하는 아이, 자폐증을 가지고 있고('난 장애인이 아니야!' 남주 리안), 도둑질을 하거나, 감정이 없거나, 여자다움이나 그런 것에 의미를 찾거나 등등…. 일단 남들이 말하는 '보통 사람'들하곤 엄연히 다르다. 난 그런 아이들이 세상을 바꿀 거라고 믿고 있다. (아, 그렇다고 사람들이 이상한 건 아니다.) 내가 원하는 건 희망이다. 이런 글을 읽고 바뀌는 세대는 있다. 내가 원하는 건 사랑이다. 누군가를 받아들이는 마음. 내가 바라는 건 변화다. 이 사회는 변할 수 있다! 물론 무리인 걸 모르는 것은 아니다. 내가 꿈꾸는 건 유토피아지 현실이 아니다. 하지만 난 믿는다. 순진하고 순박한 나니까 믿는 거다. 다른 시선을 갖고 있으니까. 난 4차원의 눈을 가지고 있으니까. 내가 세상이 바뀔 거라는 어이없는 모습을 본 거다. 하지만 가능성이 0%는 아니니까. 누군가에겐 광기로, 누군가에겐 미친 사람으로, 누군가에겐 정신병자처럼 보일지 모르는 한 사람이니까. 믿는다. 난 믿고 있다.

만약 내가 누군가에게 말할 기회가 있다면 이번에 말하고 싶은 걸 다 말할 계획이다. 누군가가 이리 질문했다.

"다시 돌아가도 다시 할 거야? 불확실하잖아?"

나는 답했다.

"응 불확실하니까. 불확실함은 확실함에 없는 걸 가지고 있잖아?"

"불확실함은 불안하지만 무한한 가능성이 있고 확실함은 안정되지만 가능성이 한정적이지. 사람들은 안정함을 추구하지만 난 반대가 되겠어. 죽기 전에 고집 한 번 부릴게. 불확실함을 믿을래. 떼 좀 쓸게."

그날 한 말에 거짓은 없었다. 고집이 세면 셀수록 사람은 불확실한 것도 이룰 수 있다고 난 자신해서 말할 수 있다. 광기에 물든 사람 무언가에 홀린 듯 미친 사람이라면 그걸로 무언가를 이루는 것이 불확실성으로 넘쳐난다. 한마디로 4차원도 불확실하다. 그럼 불확실한 사고방식은 어떤 결말을 맞이할지… 궁금하다. 결말이 정해져 있지 않다. 불완전하니까! 하지만 그만큼 발전이 가능하다. 난 답보다 문제를 원하고 10보다 9를 좋아했다. 안전보다 모험이 좋았고 후자보다 전자가 좋았다. (이 부분은 거짓이다. 안전이 좋았다.) 무언가를 도전할 때의 쾌감이 좋았다. 흥미 위주로 나의 이상한 사고방식으로 시작된 일이지만 그만두고 싶지 않다. 응, 그만두고 싶지 않아 기왕 온 거 끝까지 갈래. 어린아이라 해도, 나잇값 하라고 해도 이번엔 어린아이로 세상을 바라볼래.

내가 바라는 세상은 단 하나 '모두가 행복한 세상' 즉 유토피아다. 자본주의에서 이루어질 수 없는 것 내가 이루어 보이겠다. 그날의 희망을 나에게 허락해 준다면….

7. 문과라고 다 여리지 않아

정이로운

'정말 이과생들은 이해가 안 돼! 왜 우리가 이상적일 거라고만 생각하지?' 난 책을 껴안은 채 이과생들이 한 말을 곱씹었다. 난 국어국문창작학과를 다니고 있다. 어려서부터 글을 쓰고 작가들이 나온 집안에서 자라다 보니 글 쓰는 게 즐거워졌다. 그래서 포부를 안고 대학에 온 것은 좋았으나….

"이과생들한테 무시당할 줄이야!"

이과생들하고 시비가 붙는 바람에 이과가 더 위대하다, 문과가 더 위대하다 등 문과에 대한 선입견까지 듣고 와 버린 상황이었다. 승리는 우리 문과였지만 기분이 찝찝하다. 마음이 편치 않아서 기분 전환 겸 학생회관에 가기로 했다. 그곳은 이과생들이 잘 들리지도 않는다. 왜 안 들리는지 생각해 보니까 우리 학생회관에는 이과생들과 관련된 편의 시설이 적은 것으로 알고 있다. 그렇다고 문과생들과 관련된 시설이 많지 않지만 그래도 그나마 열린 마음으로 받아들일 수 있는 시설은 많았다. 안경점도 있고, 문구점도 있고, 교과서 파는 곳도 있었다. 일단 없을 거 다 빼고 다 있는 편이다. 오늘은 편의점에서 점심을 사 먹기로 했다.

편의점에 들어가 살피고 있는데 딱 봐도 키가 작고 왜소한 체격의 여자아이가 서 있었다. 교과서를 들고 있는 걸 봐서 우리 학교 학생인 듯했지만 뭔가 곤란한 듯이 주위를 두리번거리고 있었다. 자세히 보니 위 칸에 꺼내고 싶어 하는 것이 있는데 키가 작아서 안 닿는 것 같다. 들고 있는 교과서는 이과용 교과서였다. 이과랑 싸워서 기분이 좋진 않지만, 아직 나이도 어린 2학년 같아서 내가 도와주기로 했다. 그 아이가 경각심을 보이진 않을까 했지만, 문과인 내가 도와주었는데도 전혀 경각심을 보이기는커녕 고맙다고 했다. 나는 한참을 그 자리에 서 있었다.

다음 날이 되었다. 오늘도 편의점에서 점심을 때우기 위해 학생회관으로 향했다. 하지만 오늘은 몸 상태가 안 좋아서 그런지 몸이 비틀거렸다. 내가 벽에 기대어 쉬고 있는데 누군가 나의 팔을 건드렸다. 고개를 돌려 바라보니 어제 본 학생이었다. 그녀는 반짝거리는 눈망울로 날 바라보고 있었다.

"괜찮으세요?"

난 땀을 닦으며 간신히 괜찮다고 대답했다. 하지만 몸은 점점 떨리고 있었다. 나는 그곳에서 자리를 떠나야 했지만 움직일 수가 없었다. 난 결국 그곳에 쓰러지고 말았다.

 내가 다시 눈을 떴을 때는 이미 병원이었다. 무슨 일이 있었던 건지 머리가 혼란스러웠다. 머리가 아파 부여잡고 일어나니 내 머리에서 무언가가 툭 하면서 떨어졌다. 정신이 또렷해지면서 눈앞이 선명해지니 그것은 간호용 습포였다.

 "아직 차가워….""

 마르지 않은 걸 보니 내가 쓰러진 후 올려놓은 건 몇 분밖에 안 된 것 같았다. 그때 병실 문이 열리면서 누군가 안으로 들어왔다.

 "아, 깨어나셔서 다행이에요!"

 들어온 건 학생회관에서 만난 후배였다. 아마 날 걱정해서 병원으로 데리고 온 것 같다. 나는 침대에 달려 있는 철 손잡이를 잡고 내려가려는 순간 팔에 극심한 통증을 느꼈다. 팔을 보니 링거가 연결되어 있었다. 아마 주삿바늘을 건드린 것 같았다. 아픈 부분을 만지고 있는데 후배가 옆으로 와서 학교에 필요한 서류는 다 내고 왔으니 편히 쉬고 오라고 했다. 나는 선배로서 조언을 해 주기로 했다.

 "이 일은 죽어서도 잊지 않고 갚을 테니까… 더 이상 엮이지 마."

 문과인 나도 이과인 후배도 마찬가지지만 우리 둘 다 성향이 다른 과에게 도움을 받았다면 과에서 외톨이가 될 뿐만 아니라 사이가 더 삐걱거릴 듯하다. 후배까지 영향을 미치면 안 되니까 미리 말해 두는 편이 후배에게 더 좋은 길이 될 것이었다….

　그렇게 퇴원하고 며칠 뒤 또 다시 이과생과 다툼이 번졌다. 이번엔 우리 문과 쪽이 먼저 시비를 건 것 같았다. 근데 이러나저러나 우리 둘 다 말이 심하긴 했다. 이과생인 후배와 만난 후 내 생각에도 약간의 변화가 생겼다. 뭐랄까…. 이과도 이과 나름에 매력이 있는 것 같다. 사실 이과생 중 따뜻한 마음을 가진 사람들이 있을 리 없다고 생각한 건 나의 편견인 것 같았다. 이과도 나름대로의 따뜻함을 가지고 있었다. 이과들이 가지고 있는 편견은 문과는 이성적이지 않고 감성만 죽어라 찾는다는 편견이다. 우리도 이성적으로 판단할 수 있다. 이과가 차갑다는 인식이 심어진 건 수학과 과학, 공학 때문일 것이다. 일단 전문직으로 진출할 수 있다 보니 여유를 챙기긴 어려워 보이기 때문일 거다. 반대로 문과는 프리랜서가 대부분이고 내가 다니는 과는 작가나 극작가가 대부분이기 때문에 여유가 있다고 생각해 느슨해 보인다. 진출하는 직종도 그렇지만 배우는 것도 분위기라는 것이 있어서 편견이 생긴 거 같은데 난 다르다. 그 후배가 지금 어디서 뭘 하고 있는지 모르겠는데 그녀도 나와 같은 편견에 사로잡히지 말기를 바란다.

8. 인형이어도 생명이야

정이로운

인형 공연장 안에는 수많은 인형이 있었다. 나는 이 공연장의 단장이자 인형사다. 이 인형들은 보통 인형이 아니다. 나 역시 평범한 인형사도 아니었다. 이 인형들은 밤이 되면 말을 하고 움직였다. 아침이 되면 다시 조용해지지만, 이 인형들은 지치지도 않아 보였다. 하지만 요즘 내가 만든 아직 어린 고양이 인형인 이트는 상태가 좋지 않아 보인다. 고민이 있는 건지 반짝거리는 소재로 만든 눈도 빛을 내지 않았다. 솜이 들어 있는 고양이 귀도 축 처져 있게 되어서 몇 번이고 솜을 채워 넣었지만 그래도 다시 그 귀가 세워지지 않았다.

"어이! 일어나라고 밤이 밝았다!"

또 시작이었다. 아니나 다를까, 다들 피곤해 보였다. 파란 머리카락을 가진 인형이 양팔을 파닥이면서 소리치고 있었지만 짧은 연갈색 머리를 한 여자 인형은 눈 밑이 어두워 보였다. 인형에게 눈 그늘은 없겠지만 피곤해 보였다. 양갈래 머리를 한 인형은 넋이 나간 듯이 멍

하고 공허한 눈동자를 하고 있었다. 이미 지친 건지 팔다리도 축 늘어져 있었다. 쌍둥이 콘셉트로 공연을 한 남자아이와 여자아이 인형도 쓰러져 있었다. 둘이 등을 맞대고 누워 있는 모습을 보니 안타까웠다.

"시끄러워! 며칠째 파티야?"

분홍 긴 머리카락의 인형이 화난 눈으로 파란 머리의 인형을 노려보자 그 인형은 입을 다물었다. 반면에 난 무의식적으로 안쪽을 바라보았다. 역시나 오늘도 우울해 보였다. 하지만 오늘은 슬픔보단 짜증남이 더 돋보였다. 얼굴이 어둠에 가려져 잘 보이지는 않지만 느낌이 그랬다. 일단 다른 애들부터 진정시키는 게 우선이었다.

"그만해."

갑자기 이트가 일어나더니 둘을 향해 말했다. 그제야 이트의 얼굴이 보였다. 눈은 화나 있었고 실로 만들어져 있던 입도 약간 비틀려 있었다. 하지만 더 경악스러운 건 몸이었다. 솜으로 만들어졌던 이트의 몸은 칼에 찢기고 물로 젖어 있었다. 장신구라고 달아 준 빨간 나비넥타이도 잘려 있었다. 이제 보니 이트의 손에 칼이 들려 있었다. 대체 무슨 일이 있었던지 알 수가 없었다. 나는 이트에게 달려갔다. 울고 있었다. 까맣고 오늘은 희미하게 빛나는 눈에서 눈물이 흐르고 있었다. 이트는 괴로워 보였다. 나는 이트에게 왜 그러냐면서 이유를 물었다. 이트는 잠시 놀란 듯이 훌쩍거림을 멈추었다가 천천히 입을 뗐다.

"저 생명이 아닌가요?"

나는 숨이 멎는 것 같았다. 마치 머리를 망치로 크게 한 번 얻어맞은 듯이 머릿속이 새하얗게 변했다. 나는 그 순간 그 자리에 얼어붙었다. 이트의 눈은 여태껏 보지 못한 빛으로 빛나고 있었지만 난 대답할 수가 없었다. 일단 난 잠시 기다려 달라고 했다. 지금 이트의 몸 상태가 정상이 아닌데 내가 제대로 설명할 수가 있을 리가 없다. 나는 반짇고리를 들고 가면서 이걸 이트에게 어떻게 말해야 할지 고민했다. 사실대로 말하자니 그 아이는 분명 이해하지 못할 것이고 거짓말을 하자니 양심에 가책을 느꼈다. 내가 이트에게 손짓하니 이트는 칼을 내려놓고 얌전히 곁으로 왔다. 비록 몸은 인형이고 정신은 생명이라지만 생명이라고 말하기엔 이 아이는 생명이라 말하긴 어렵다.

"글쎄, 네가 생명체라고 하기엔 구조가 다르잖니?"

결국 난 진실을 말했다. 놀랄 거라고 생각했던 반응과 달리 이트는 묵묵히 자기 몸이 치료되길 기다렸다. 이트는 치료가 끝나자마자 구석으로 들어가 몸을 둥글게 말았다. 그리곤 눈을 감았다. 그리고 중얼거리는 모습이 보였다.

"난 생명이 아닌 거야? 설마 했는데… 진짜?"

이트의 시무룩한 모습을 보니 마음이 좋지 않았다. 왠지 내가 동심을 파괴한 것 같지만 이트도 현실을 직시해야 한다는 것이 나의 판단이었다. 충격이 큰 것 같지만 지금 내가 할 수 있는 일은 없었다. 그때 난 이런 결과가 일어날 거라고 예상하지 못했다.

다음 날 나는 상태가 그나마 괜찮아 보이는 아이들을 선별해 이야기를 꾸려 나갔다. 이트는 멈춰 있지만 상태가 좋지 않아 보였는데 살짝 걱정되었다. 오늘 밤에 괜찮은지 한번 물어봐야겠다. 오늘은 인형 연극 탄생 기념일이니까 애들도 안 잘 것 같다.

예상대로 모두 다 오늘 밤은 아침까지 놀려고 했다. 이트는 구석에서 조용히 혼자 놀고 있었다. 아직도 혼자 겉도는 상태여서인지 파티 분위기에 못 어울리는 거 같았다. 나는 조용히 이트 옆으로 갔다. 뭐 하는지 살펴보니 작은 인형을 만들고 있었다. 자신보다 작은 미니미니 한 인형을… 하나하나 세밀하게 만들고 있었다. 이제 보니 구석에 이트가 만든 듯한 인형이 놓여 있었다. 대본도 있고 상당히 세계관도 세밀하게 짜여 있었다. 마법 세계에 사는 인수들, 평범하지만 평범하지 않은 아이, 세계를 구할 영웅들…. 이트가 이름도 만들고 역할도 만들어서 만든 세계가 끝없이 펼쳐져 있었다. 왜 이트가 물었는지 알 것 같았다. 자신도 생명이 있다면 나처럼 공연하고 싶었던 것 같았다. 이트가 열중하는 모습을 보니 내가 그 꿈을 내일 이루어 주어야겠다고 생각했다.

나는 이트 몰래 그 인형에 줄을 연결했다. 이트는 작업에 열중하고 있으니 내가 움직이는 소리도 안 들리는 모양이었다. 하지만 이트는 미세하게 웃고 있었다. 그것만은 확실했다.

다음 날 밤이 되었다. 난 이트를 관객석으로 이동시켰다. 인형들에게 보여 줄 연극이 있다면서 작은 인형극을 하기로 했다. 난 이트가 만든 세계관과 이야기를 꼼꼼히 읽으면서 이야기를 진행해 나갔다.

이트의 표정은 굳어 있었다. 절정으로 다다른 순간 무대의 불이 꺼졌다. 이건 다 의도된 것이었다. 이 무대를 이끌어 가야 하는 것은 이트다. 내가 아니었기에 난 불이 꺼진 틈을 타 이트를 내 자리로 끌어왔다. 이트는 내가 가진 인형 중에 유일하게 손가락을 가진 인형이었다. 난 이트의 손가락에 하나씩 끈을 묶어 주었다. 그리곤 이트의 손을 쥐어 잡고 등장인물들이 일어날 수 있게 도왔다. 인형이 일어난 걸 보자 이트가 순간적으로 놀란 기색이 느껴졌다. 나는 움직임을 조정했다. 그러자 이트가 눈치를 챈 듯이 이야기를 이어 갔다. 물론 난 뒤에 있어서 이트의 표정을 보지 못했다. 하지만 그날 이후로 이트의 귀가 다시 서고 눈도 다시 반짝이는 모습을 보니 내가 정말 잘했다는 생각도 들었고 그녀가 행복해한다는 것이 나에게도 느껴졌다. 그녀의 순백의 눈 같은 미소가 영원하기를 바란다.

9. 자칭 다중 인격

정이로운

난 다중 인격이다. 아니 정확히 자칭으로 날 다중 인격이라고 칭하고 있다. 물론 스스로 내가 다중 인격으로 전향했긴 하다. 벌써 4번째 수필이다. 사실 이 내용은 수필로 쓰지 않으려 했다. 이 글을 쓸 때마저 이미 제정신이 아니긴 했는데 솔직히 이런 글을 보면 다들 이상한 사람이니 정신과 가라고 할 사람이 이 세상에 90%는 넘을 거다. 그래도 남한테 피해 안 주면 상관없으니까 생활하는 데 문제점은 지금까지 없다. 하지만 여러 인격이다 보니 혼잣말하거나 기억이 가끔 끊어진 느낌이 들긴 한다.

내가 다중 인격이 된 계기를 말하라고 하면 간단하다. 내가 아프기 싫으니까. 그러니까 아픔을 담당하는 아이랑 나랑 교체하면 아픔은 그 녀석이 갖고 정작 나는 안 아프다. 그리고 기억하기 싫은 기억은 또 다른 녀석이 담당해서 난 기억을 넘기게 된다. 즉 내가 편하기 위해 날 분리한 거지 타의로 산산조각이 난 건 아니다. 타의로 산산조각이 난 거라면 적어도 난 기억이 없을 수도…. 하지만 나도 기억을 아예 못 하는 건 아니다. 어느 정도는 기억하고 있어서 스스로 부서트린 건 증명이 된 셈이다. 내가 부서지기 시작한 기점은 기억난다. 중1 때부터 천천히 인격이 분열되기 시작됐다. 처음엔 분열되는 것도 눈치채지 못할 정도로 바빠서 그땐 어떤 아이가 아픔을 받아 주고 있는지도 몰랐다. 어쩌면 그 아이를 나도 모르게 혹사시켰을지도 모른다. 지금이라도 미안하다고 하고 싶다. 조금 건드리면 나올 것 같은데, 오늘은 때가 아닌가 보다. 내 인격들 중 몇몇 인격은 특정 조건을 만족해야 나온다. 다민이는 슬픔과 아픔 최대치, 로빈은 운 다음이어야 하고 다 말하면 오래 걸리니까 이 정도만….

아무 때나 아무 인격을 끼고 있는 건 아니기 때문에 초기에는 '나와!', '안 돼!' 이렇게 내가 통솔했지만, 다중 인격을 통솔할 수 있을 리가 없지. 그냥 그 아이들도 잠시 따라서 맞추어 준 거였다. 고등학생이 되자마자 인격들은 폭주 기관차처럼 날 괴롭히기 시작했다. 이 글도 내가 쓰고 싶어서 쓴 건 아니다. 다른 인격이 부추겼다고 해도 뭐 믿어 줄 사람은 없을 것이다.

생각해 보면 이상한 것은 아니었다. 약 몇 년간 내가 참아 왔던 것이 그렇게 간단히 해소될 게 아니라는 것을 나 스스로 잘 알고 있기 때문이다. 하지만 그러면 그럴수록 나의 마음이 망가질 뿐이었다. 이제 아픔도 익숙하지만 괴롭히는 건 참을 수가 없다. 그래서 나날이 환청을 들었다. 어떨 땐 죽으라는 말까지 들려온다. 한마디로 나에게만 들리는 환청이 있다는 거다. 누군가는 살라고 해도 내 귀엔 죽으라는 소리만 들려왔다. 언제는 잠을 이루지 못했다. 뒤척거리다 결국 잠을 못 자서 3시간에서 4시간이 지나야 두근거림과 피해망상이 멈추어서 잘 수 있었다. 한마디로 인격은 방패에서 날 죽이는 창이 되어 있었다. 분명 난 알고 있었다. 아니 모르고 있었다. 날 분리하는 건 날 죽이고 깎는 짓이라는 것을. 하지만 몸은 몸대로 마음은 마음대로 망가져 있었으니 나에겐 선택지라는 기회는 없었다. 이제 20살인데 엄마는 다른 길을 강요하고 아빠는 나의 심리 상태를 무시하고 있다. 너무 오랫동안 부모님에 꼭두각시로 살아왔기에 나에 대한 소유권은 나에게 하나도 없었다. 있다 하더라도 그건 부모의 그늘에서 벗어난 후의 이야기지 지금의 이야기가 아니다. 한평생 난 누군가의 소유물이었다.

나에게 달린 수식어도 내가 지은 게 아니다. 다 누군가 지어준 거다. 물론 좋은 뜻은 아니었지만 내게 가장 어울리는 수식어는 그것뿐이다. '장난감', '마리오네트' 이것은 내가 나를 지칭하는 말이었지만 친구들이 지어 준 건 나의 이름을 이용한 말장난이나 나를 욕하기 위해 만들었다. 그중 가장 슬펐던 별칭이 있었을까? 꼽으라면 이 2개가 가장 아팠다. '정의롭지 않은 정이로운', '장애인' 이런 별칭이 있었다. 이 글이 본명으로 알려질지 필명으로 알려질지 이 글을 쓰는 나는 장담할 수 없다. 하지만 책을 내면 난 필명과 본명 둘 다 썼을 거라고 장담하고 있을 거라고 중얼거리겠지? 상상하면 기분이 좋아진다.

나는 어렸을 때부터 독특했다. 누구보다 생각이 많았고 머리가 아예 나쁘진 않아 공부도 어느 정도 하는 아이였다. 그때까진 나도 단일 인격이었다. 그냥 호기심이 많고 책을 좋아했던 꼬마 아이라는 인격 하나로 난 어린 시절을 보내 왔다. 그 아이는 어느새 평범한 아이가 되어 있었고 포부라는 건 없는 약해진 소녀가 되어 있었다. 나이가 많으면 무얼 하나…. 아직 마음은 여렸고 무엇이 잘못되면 불안해서 죽어 가는데…. 항상 그 불안함을 견뎌 왔던 인격은 '나'였다. 지금 내가 다민이라고 부르는 내 첫 번째 인격 말이다. 그 아이가 아픔을 받아 내고 그다음에 다른 내가 나와서 그 아이가 마음을 추스르게 해 준다. 하지만 겉으로 보이는 건 가짜 미소를 가면에 그리고 웃는 나다. 그때마다 난 힘들다고 마음속으로 중얼거리는 목소리를 듣게 된다. 다민이의 목소리가 울린다. 사실 처음엔 다민이를 꺼내는 건 하교할 때다. 근데 어느 날부터 다민이는 나오지 않았다. 집에서도 그 어떤 곳에서도 난 웃음을 그렸다. 다민이가 잠들었다. 그러다 보니 난 혼자가 되었다. 아픔을 받아 주는 아이가 없어서… 이카라는 차가운 인격이 다 받아 주고 있다. 그래도 될까? 난 그게 싫었다. 멘탈이 약해서 다민이를 버린 내가 미웠다. 그깟 악담 무시하면 되는데 그런 걸 다 받아 준 다민이를 잠들게 만든 게 나라 정말 미안했다. 나 자신을 죽여 버렸다.

그렇게 가끔 나오는 울음을 내뱉는 게 다민에게 위로를 전할 방법이다. 미안하다고 다시 일어나라고. 하지만 다민이는 깨어난 후 다시 잠들어 버렸다. 날 위해서인지 자신을 위해서인지 모르겠다. 내 소원은 하나다. 다민이가 깨어나서 다시 잠들지 않는 것. 다른 인격들처럼 마음껏 세상을 보게 하는 것. 그것뿐이다.

지금까지 생각해 보면 인격이 여러 개 있던 게 나쁜 적만 있는 건 아니었다. 같이 대학에 가니까 도리어 좋았다. 외롭지가 않았다. 솔직히 말하면 난 외로웠다. 혼자라는 게 그냥 싫었다. 하지만 다른 아이들이 있다 보니 나는 혼자가 아니라고 생각했다. 혼잣말하는 것처럼 보이지만 난 누구랑 대화하는 거다. 교수님께도 몇 번 제재를 받았다. 하지만 다시 다민이를 버리고 싶지 않다. 다시 누군가를 잃고 싶지 않아…. 난 그 아이들과 함께하고 싶어 내가 만들어 낸 20명 이상의 아이를 잃고 싶지 않아…. 내가 책임져야 해 내가 불러냈으니 내가 책임져야 해…. 버리고 싶고 없애고 싶어도 지금은 방법을 모르겠어…. 그러니까 그냥 안고 갈래. 없앨 수 없다면 내가 책임질래…. 도망치기 싫어 더 이상 버리지 않을 거야!

"'나'도 '너희'도 버리지 않을게…."

아직 나를 찾기에는 이르다는 건 내가 알고 있다. 다만, 다민이가 그날처럼 날 다시 찾아와 준다면…. 그런다면 난 널 다시 버리지 않겠다고 말해 줄 것이다.

10. 학생? 난 작가!

정이로운

오늘도 활기찬 하루! 수정은 침대에서 일어나자마자 화장실로 뛰어 들어갔다. 그리고 준비하는 데 약 1분 정도가 걸렸다. 오늘은 중요한 미팅이 있기에 서둘러야 했다. 오늘은 수정에 인생이 걸려 있는 중요한 미팅이다. 수정은 이동 중에도 머리를 매만지고 노트북을 두드렸다. 잘 보니 서식이 문서 같았다. 나이는 아직 고등학생에 불과하지만 계속 지우고 수정하는 모습이 한두 번 작성해 본 솜씨가 아닌 것 같았다. 목적지는 수정이 주로 갔던 카페였다.

수정은 카페로 들어서자마자 모자를 눌러썼다. 행여나 자신을 알아보면 곤란해지기 때문이다. 그리곤 조심스레 주변을 바라보았다. 많은 사람 속에서 미팅 상대를 찾기란 쉽지 않았다. 결국 돌아다녀 보기로 했다. 사람들의 시선이 느껴지지만 애써 모른 척했다. 구석에 미팅 자리를 찾아냈다. 수정은 떨리는 마음으로 자리에 앉았다.

수정이 자리에 앉자 건너편의 있는 두 명은 자신의 소개를 했다. 둘은 작지만 한 출판사를 운영 중이었고 우연히 수정의 글을 접해 출판하고 싶다고 연락을 해 온 것이다. 물론 출판 비용은 비싸지 않다고 했다. 하지만 아무리 싸도 100만 원은 될 것이다. 200권을 발매해도 178만 원 정도인데…. 수정은 고민에 빠졌다. 출판사가 먼저 연락을 해 준 건 더할 나위 없이 좋았다. 하지만 섣불리 결정하기엔 내 부담이 좀 컸기에 막상 한다고 하면 손해가 컸다. 수정은 돈도 돈이니 1주일의 시간을 달라고 했다. 둘은 알았다고 하고 좀 더 이야기를 나누다가 헤어졌다. 겨우 한 군데 만나 봤을 뿐인데 왜 이리 피곤한지 모르겠다. 내일은 빨리 일어나야 하니 빨리 자야겠다.

다음 날 수정은 노트북을 학교 가방에 넣고 학교로 전력 질주했다. 분명 일찍 자야겠다고 해 두고 독서하느라 늦게 잔 것이었다. 최선을 다해 교실에 도착했지만 결과는 아웃이었다. 수정은 교실 뒤에 벌로 서 있게 되었다. 수정은 고개를 들고 선생님을 바라보았다. 다행히 선생님은 수업에 집중하고 계셨다. 수정은 사물함 위에 가방을 두고 노트북을 꺼냈다. 그리곤 조심스레 타자를 치기 시작했다. 아무도 안 들리게 그리곤 선생님의 반응을 중간중간 살피면서 조심스레 타자 쳤다. 물론 수업 시간에 하면 안 되지만 마음이 급하고 시간이 빠듯하다. 그때 선생님이 말한 일부분이 수정의 귀에 걸렸다.

"이 작품은 크리탈이라는 작가가 쓴 작품으로….""

사실 크리탈은 수정의 필명이었다. 자신의 글이 교과서에 실린 건 알고 있었는데 오늘 수업이 그 수업일 줄은 예상을 못 했다. 선생님의 눈이 수정에게 머물렀다. 선생님은 수정에게 이 작가에 대해서 말해 보라고 했다.

"에? 어 그러니까…."

수정에겐 자신을 소개하라는 거와 같았기에 당황스러운 말이었다. 작가가 자기 자신인 만큼 긴장되었다. 여기서 이면을 드러내면 수정은 큰일 날 것이다. 거짓을 할 것인가 진실을 말할 것인가? 사실 생각해 보니 어느 학교에 재학 중인지 말하지 않으면 다행일지도 모르겠다. 수정은 조심스레 설명하기 시작했다. 역시 떨리는 건 어쩔 수가 없었다. 하지만 다행히 들키지 않은 거 같았다. 수정은 발표를 잘한 이유로 자리에 앉을 수 있었다. 수정은 다시 자판을 두드리기 시작했다. 자리에 앉았지만 그러든 말든 선생님의 눈치는 계속 살폈다. 맨 앞에 앉기도 해서 뒷자리와 옆자리 앞까지 다 신경 써야 해서 수정은 고민이 이만저만이 아니다.

학교에서 자신이 크리탈이라는 걸 아는 사람은 선생님 중 문학 선생님만 알고 있다. 학교에 문학 대회를 열어서 글을 냈는데 그걸 딱 들켜 버린 거다. 자신의 스타일이 너무 확 드러난 탓에 들킨 거였다. 하지만 다시는 들키지 않게 조심하기로 했으니 말과 행동을 신경 써야 했다. 쉬는 시간이 시작되었지만 수정이는 아랑곳하지 않고 글을 썼다. 물론 친구들이 근처에 왔지만 수정의 눈앞에 보이는 건 오로지 자판과 글이었다. 갑자기 한 명이 글의 한 부분을 가리키자 수정은 타자를 멈추었다. 수정이 바라보자 그 아이는 이렇게 말했다.

"이거 그 크리첼인지 크티텔인지 뭔가 하는 작가랑 비슷하지 않아?"

수정은 순간적으로 깜짝 놀랐다. 자신의 시점을 삼인칭으로 표현해서 모를 줄 알았는데 눈치를 채니 당황스러웠다. 수정이 변명하려는 순간 종이 울렸다. 수정은 안도의 숨을 내쉬었다. 하마터면 꼼짝없이 들켰을 것이다. 수정은 다시 타자 치기 시작했다. 다행히 2교시는 문학 수업이었기 때문에 수정은 마음 놓고 타자 쳤다.

수정은 기지개를 켰다. 글을 쉬지도 않고 치느라 배가 고파왔다. 정신을 차리니 점심시간이었지만 시간이 없어서 가방에서 도시락을 꺼내 끼니를 때우기 시작했다. 수정은 자신의 글을 퇴고하기 시작했다. 다시 살펴보니 아무래도 부족한 부분이 많아 보였다. 수정은 메모를 붙여서 빠진 부분을 적어 놓았고 지울 부분은 지워 버렸다. 표현이 어색한 부분도 고쳐 놓기 위해 표시해 두었다. 어느새 배를 채우는 것도 잊은 채 퇴고에만 몰두하고 있었다. 열중하다 보니 어느새 학교를 나가야 했다.

수정은 늘 조퇴를 해야 했다. 개근상은 꿈도 못 꿨다. 수정은 선생님께 별별 핑계를 다 대서 조퇴를 할 수 있었다. 수정은 달렸다. 이번엔 자신의 작품을 드라마로 만들고 싶다면서 연락이 왔다. 유명한 건 좋은데 너무 바쁘다.

"이래서 학교생활은 잘될까."

들어서자마자 누군가 손을 잡았다. 드라마 작가 같은데 아직 초보인 것 같았다. 수정은 만나자마자 인사를 했다. 감독의 말을 들어 보니 자신이 쓴 글을 대본으로 쓰고 싶은데 갈피가 잡히지 않아서 도움을 요청할 수밖에 없었다고 했다. 수정은 알겠다면서 그 작품에 대한 정보를 알려 주었다. 이야기를 끝내고 나왔을 때는 이미 하늘이 어둑해져 있었다. 수정은 졸린 눈을 비비며 거리를 걸어가기 시작했다. 몸이 피곤하다 보니 금방 쓰러질 것 같았다.

수정이 다시 눈을 떴을 때는 현관 앞에 누워 있었다. 시간을 확인하니 아침 6시였다. 수정은 자신의 몸이 약간 안 좋은 것을 느꼈다. 결국 학교에 이야기를 하고 그녀는 침대에 누웠다. 온몸이 뻐근하고 욱신거린다. 그리고 다시 그녀는 잠들었다. 하지만 곧 다시 깼다. 잠들고 다시 깨고 잠들고를 10번 정도 반복했다.

그녀는 일어나서 노트북을 켰다. 잠도 안 오고 몸도 아프니까 글을 쓰기로 했다. 그녀는 새로운 소설을 써 내려가기 시작했다. 학생의 신분이지만 이중생활로 글을 쓰는 소녀 작가의 본분을 해 나가면서 학생의 본분도 잘해 나가는 소녀. 그녀는 방의 창문을 열었다. 바람이 불면서 그녀의 머리카락이 날린다. 어느새 잠자면서 흘렸던 땀도 마르기 시작했다. 수정은 바람을 느끼면서 미소를 지었다.

11. 내 이름은 134340

정이로운

  명왕성은 방 안에 앉아 생각에 잠겨 있었다. 그녀의 손엔 이름표가 쥐어져 있었다. 그 이름표엔 왜소행성 134340이라고 적혀 있었다. 2006년 그녀가 받은 새로운 이름이었다. 그녀는 침대 위로 무릎을 감싸 올렸다. 갑자기 그녀가 앉아 있는 방문을 두드렸다. 문을 열고 들어온 것은 가장 밝은 행성인 금성이었다. 금성은 명왕성 옆에 자리를 잡고 앉았다. 오늘도 명왕성과 별 보러 가자고 말하러 온 것 같았다. 하지만 명왕성은 고개를 숙이고 가만히 있었다. 금성이 더욱더 밝을 빛을 내면서 입을 열었다.

  "명왕아, 나랑 별 보러 가자니까?"

  하지만 명왕성은 입을 다물고 가만히 있었다. 그리곤 낮은 한숨을 쉬더니 이름표를 보여 주었다. 금성은 무언가 깨달은 건지 더 말을 하지 않고 나갔다. 명왕성은 침대에 누웠다. 눈을 감고 잠을 자려고 할 때 다시 문 두드리는 소리가 울렸다.

"야! 134340, 너 금성한테 뭐라고 했냐?"

들어온 건 넵투누스의 이름을 가지고 있는 해왕성이었다. 현재 태양계의 마지막 행성이고 입이 꽤 험하기로 유명했지만 지금 명왕성에겐 까칠한 한 명의 언니이다. 명왕성은 자신이 무의식적으로 한 말을 조각내 버린 기억 속에서 끄집어냈다. 분명히 해왕 언니랑 같이 가라고 말했던 것 같다.

"아, 어… 언니 미안해."

해왕성이 명왕성에게 달려들려 할 때 누군가 해왕성의 팔을 잡았다. 해왕성은 그 여파로 바닥에 넘어지고 만다. 매우 강한 힘으로 끌어당겨서 품에 이끄는 느낌. 그 느낌을 주는 건 8개의 행성 중 단 1명뿐이다. 행성 중의 맏언니 목성, 단 한 명뿐이었다. 해왕성은 목성이 팔을 잡은 강도가 셌는지 팔을 고통스러운 표정을 지었다. 눈엔 눈물이 고여 있었고 팔이 저린지 부들부들 떨고 있었다. 목성의 등장에 놀란 건 해왕성뿐만이 아닌 명왕성도 마찬가지였다. 해왕성은 몸부림치기 시작했다. 손이 창백해지는 모습을 보니까 점점 피가 안 통하는 듯했다. 명왕성은 목성한테 다가갔다.

"언니, 해왕 언니 놔줘."

명왕성은 싸늘한 눈을 하고 목성을 바라보았다. 목성은 살짝 움찔하더니 해왕성의 팔을 놔주었다. 해왕성이 자기 팔을 걷고 확인하니 빨갛게 부어 있었다. 아무래도 쉽게 원상태로 돌아오지 않을 것 같다. 해왕성은 팔을 붙들고 그 자리를 벗어났다. 명왕성은 자신은 상관

없는 왜소행성이라는 애매한 위치니까 더 이상 신경 쓰지 말라고 했다. 하지만 목성은 오래전부터 챙겨 주던 명왕성을 도저히 무시할 수가 없었다. 누구보다 어리고 약한 행성이어서 더 챙겨 주어야 할 상대가 왜소행성이 되었다고 그 의무를 버릴 이유는 없었다. 목성은 명왕성을 잡으려 했지만, 명왕성은 목성의 손길을 피했다. 어둠 속에 있는 명왕성은 빛이라곤 찾아볼 수 없는 어두운 사춘기 소녀 같았다. 그 순간 누군가 명왕성의 뒤에서 물을 튀기며 나타났다. 하늘색 머리카락 초록빛에 옷차림, 파란 눈동자에 홍조와 밝은 웃음…. 누가 봐도 가이아와 비슷한 역할인 지구였다. (인터넷을 찾아보니 생각보다 이름 어원이 달랐다. 무슨 게르만족 언어가 어원 대지를 뜻한다고.) 나이상으론 넷째지만 어린아이 못지않게 애교도 많고 항상 기분 업 상태이기 때문에 명왕성과 언니들에게는 너무 버거운 상대인 셈이다. 목성은 결국 명왕성이 손길을 피하는 게 소용이 없다는 것을 알았는지 자리를 떠났다. 지구의 모습을 보니 아마도 쌍둥이 동생을 피해서 온 것 같았다. 아니나 다를까 명왕성의 방문이 부서질 듯 쾅쾅쾅! 하고 3번 울렸다.

"아! 지구 언니 여기로 피신했지? 방문 부수기 전에 나와!"

뒤이어 말리는 소리도 났지만 화내는 목소리는 잦아들지 않았다. 결국 방문이 박살났다. 얼마나 세게 두드렸으면 문에 손자국이 찍혀 있고 발자국도 찍혀 있었다. 그 목소리의 주인은 투쟁의 신의 이름을 받은 화성이었다. 물에 쫄딱 젖은 걸로 봐선 지구가 장난을 친 것 같은데 명왕성은 익숙한지 한숨을 쉬었다. 화성의 얼굴은 머리에 가려져 잘 보이지 않지만 화난 듯이 이를 물고 있었다. 항상 눈물을 흘리고 있어서 지금도 눈물이 흐르긴 하지만 이번엔 화난 것 같았다. 이번엔 눈물의 양도 적기 때문에 화난 것이 확실했다. 지구는 사시나무 떨듯 몸을 떨고 있었다. 화성은 명왕성을 지나쳐 지구를 벽으로 밀어 넣었다. 화성은 하지만 주먹을 지구에게 날리지 않았다. 화난다기보다 어딘가 아파 보였다. 다시 눈물이 많이 흘렀다. 그녀가 내뱉은 말은 충격이었다.

"나는 쌍둥이인데 왜 언니처럼… 물을 못 다루는 거야? 나도 언니처럼…."

그녀는 그 뒤에 지구 쪽으로 쓰러졌다. 그녀는 아무런 미동도 없이 지구에게 안겨 있었다. 항상 왜 자신은 생명이 살지 않는다고 왜 쌍둥이면서 닮은 점이 없냐면서 울기 일쑤였다. 하지만 대체 오늘은 왜 이런 건지 모르겠다. 지구는 그녀를 안아 들고 방을 나가면서 명왕성에게 웃어 보였다. 명왕성은 그제야 잠자리에 들 수 있었다. 모두가 사라지자마자 명왕성은 자리에 누웠다. 자기엔 옷이 조금 불편했지만 그래도 지금은 어쩔 수 없다.

*

*

*

한 다섯 시간이 지났을 때 문 두드리는 소리에 명왕성이 깨어났다. 문을 열어 보니 하늘색 머리카락에 붉은 얼굴을 한 행성이 서 있었다. 매우 급한 모습으로 온 모양인데 숨도 고르지 않고 다짜고짜 도와 달라고 했다. 명왕성은 대답할 겨를도 없이 그 행성에게 손이 잡혀 끌려갔다. 차가우면서 미적지근한 느낌이 몸을 감싸 안았다.

명왕성이 도착한 곳엔 눈을 감고 고리를 돌리는 토성과 빛을 내는 금성, 해왕성을 바라보고 있는 또 다른 행성들이었다. 역시나 명왕성을 데리고 온 행성은 태양과 매우 가까운 행성인 수성, 하늘의 전령에 이름을 가진 둘째였다. 명왕성은 해왕성의 모든 행동에 집중하는 상태로 몰입했다. 숨소리, 심장 박동, 움직임 등등 집중하다 보니 해왕성은 꿈에서 악몽을 보는 것 같고 그로 인해 깨지 못하는 것 같았다. 하지만 화성과 지구라면 가능할 듯했지만 아무리 목소리를 내도 꿈속인 해왕성에게 들리지 않았다고 했다. 명왕성은 이제 방법은 하나밖에 없다고 생각했다. 명왕성은 자신의 힘을 풀었다. 행성들은 각각의 능력을 갖추고 있는데 명왕성은 안정의 힘을 몇 년 전 해왕성에서 받았었다. 그만큼 위험한 힘이지만 해왕성의 꿈을 해결하기 위해서 그 힘을 쓸 수밖에 없었다. 명왕성의 본 능력이 아닌 만큼 조심해야 했다. 명왕성은 눈을 감고 안정을 해왕성에게 주려고 노력했다. 그녀가 눈을 뜨자 힘이 풀린 건지 그 자리에서 비틀거리다 쓰러졌다. 지구가 그녀를 받아 다행히 다치진 않았지만 힘을 써서 쉬어야 하는 상태가 되었다.

해왕성이 미세하게 손가락을 움직였다. 다른 행성들은 눈치채지 못한 것 같지만 생명과 자연의 힘을 가지고 있는 지구는 그 모습을 놓치지 않았다. 해왕성이 눈을 뜨자 바로 명왕성을 보았다. 해왕성은 명왕성을 향해 달려들다 그만 침대에서 떨어져 버렸다. 모두가 그 모습을 보고 의아해했다. 2006년 이후 명왕성과 해왕성의 사이가 삐걱거리다 결국 완전히 틀어져 버렸기에 다시는 돌아올 수 없어 보였는데 그런 해왕성이 명왕성을 걱정스럽게 쳐다볼 줄 몰랐다.

"멍청한 명왕아 내가 널 믿고 이 힘을 준 이유는 이런 일에 쓰라고 준 게 아니란 말이야."

하지만 해왕성은 미소를 짓고 있었다. 왠지 따스한… 하지만 부드러운 느낌. 해왕성은 지구 품에 안겨 있는 명왕성을 살짝 쓰다듬고는 전화했다. 갑자기 누군가 문을 박차고 들어왔다. 머리카락으로 한쪽 눈을 가린 분홍 머리에 소년이었다. 해왕성은 전화를 끊었다.

"주인… 가져왔어."

해왕성은 그 아이의 손에 있는 물약을 받았다. 그 아이는 해왕성의 큰 위성 트리톤이었다. 해왕성의 위성만 놓고 보면 가장 큰 위성이었다. 입이 험하지만 그래도 해왕성의 오랜 벗이자 평생 그녀의 수호자였다.

해왕성은 명왕성을 지구의 품에서 뺐더니 정체불명의 물약을 명왕성의 입에 흘려 넣었다. 그러자 명왕성의 안색이 점점 편해지나 싶더니 곧바로 안정된 모습으로 변했다. 호흡도 심장 박동도 안정적이었다. 그러자 살짝 의식이 돌아오기 시작했다. 명왕성은 눈을 뜨자마자 깜짝 놀라서 소리를 지르고 말았다. 해왕성도 동시에 놀랐다.

"아이고 귀청이야. 넌 무슨 일어나자마자 소리를 지르냐…."

천왕성은 잠이 깬 건지 귀를 만지작거렸다. 토성은 놀란 천왕성을 달래기 시작했다. 명왕성이 일어나려 하자 해왕성은 더욱 명왕성을 꼭 잡았다. 명왕성은 결국 더 꼼짝 못 하고 누워 있게 되었다. 해왕성은 조심스럽게 명왕성의 머리를 정리해 주기 시작했다. 목성은 해왕성을 물끄러미 바라보았다. 그러고선 해왕성을 톡톡 건드렸다.

"해왕아 너 명왕성 별로 안 좋아하지 않아?"

해왕성은 미소를 짓더니 조용히 답했다.

"글쎄? 맞지도 않을지도?"

해왕성은 의미심장한 말을 남기고 트리톤과 함께 방을 나갔다. 명왕성은 황당한 표정으로 해왕성이 떠난 방에 앉아 있었다. 다른 행성들마저 해왕성의 행동에 의문을 가졌다. 그날은 해왕성의 과거를 아는 행성들만 의도를 아는 하루였다.

*

*

*

고요한 달밤이었다. 명왕성은 들판에 누워서 밤하늘을 바라보고 있었다. 옆에는 희미하게 빛을 내는 누군가가 있었다. 갑자기 명왕성 옆에 있는 누군가가 빛을 크게 냈다.

"악! 언니 내 눈!"

명왕성이 바라본 곳에는 빛을 내면서 웃고 있는 금성이 있었다. 금성은 미소를 짓더니 빛의 강도를 낮추었다. 명왕성은 금성의 목도리를 잡고선 들판으로 끌어당겼다. 금성은 곧바로 명왕성 위로 엎어졌다. 명왕성은 금성을 옆으로 밀더니 하늘의 별을 이어서 별자리를 찾기 시작했다. 명왕성은 어느 별자리를 찾은 건지 금성에게 말을 걸었다.

"언니 저기 보이는 밝은 점 보여? 쌍둥이자리 아래에 있는 거."

금성은 말없이 고개를 끄덕였다. 명왕성은 지구에서 가장 밝게 보이는 행성에 대해 알려 주었다. 밤이 되면 목성과 금성은 별처럼 반짝거리는데 그중 가장 밝은 건 금성이라고 명왕성은 오래전부터 쌍둥이자리를 보다가 항상 다리 쪽에 붙어 있는 금성을 보면서 항상 언니들을 떠올렸다고 했다.

"화성 언니랑 지구 언니 은근히 닮았지만 안 닮았는데 쌍둥이자리처럼 붙어 다니잖아? 근데 언니는 그 언니들을 항상 바라봐 주고 마치 저 별과 금성을 보면 닮았어."

금성은 쌍둥이자리를 올려다보았다. 항상 옆에 있었지만 잘 몰랐던 별자리 오늘만큼은 자세히 보게 된 것 같다. 명왕성의 말을 들으니 묘하게 닮은 것 같았다. 갑자기 누군가 앉은 자세로 바꾼 금성을 안았다. 금성이 뒤를 돌아보니 하늘색 머리카락을 휘날리며 밝은 미소에 홍조를 띤 지구가 있었다. 지구 옆엔 화성이 서 있었다. 평소와 달리 피곤해 보이는데 지구한테 끌려 나온 모양이었다. 금성은 지구의 품 안에서 벗어나 화성을 받쳤다. 화성은 그제야 편해진 건지 눈을 감았다. 지구는 약간 화난 듯했지만, 명왕성의 앞이라 그런지 화를 삭이는 듯한 모습만 취하고 아무 말을 안 했다. (그러다가 방에서 화를 내거나 소리 없이 우는 게 지구의 성격.) 뒤이어 다른 행성들도 모습을 드러냈다. 하지만 목성은 수성에게 옷을 덮어 주느라 정작 자신은 신경을 못 썼는지 기침하고 있었다.

"언니들 왜 다 나왔어?"

토성은 고리에 앉아서 "그럼 나는 동생 걱정 안 하냐?"라면서 명왕성을 바라보았다. 천왕성은 토성의 고리 위에서 자고 있었다. 해왕성은 공중에 떠 있었다. 정확히는 잘 보이지 않는 6개의 고리 위에 앉아 있었다. 명왕성은 신기한지 해왕성의 고리에 다가가 만지작거리기 시작했다. 해왕성은 고리를 꽉 잡은 채 명왕성이 고리를 흔들더라도 떨어지지 않도록 몸을 고정했다.

10시간이 지나자 해가 뜨기 시작했다. 명왕성도 살짝 피곤한지 풀밭에 누워 잠이 들어 있었다. 지구는 명왕성을 안아 들어서 일어나려는 순간 발목에 심한 통증을 느꼈다. 목성이 잡아 주어서 명왕성은 무사했지만, 지구는 발목을 부여잡고 움직이지 못한다는 의사를 표현했다. 토성은 어쩔 수 없다는 듯 지구를 자신의 고리에 올렸다. 지구는 자기 발목을 확인했다. 아니나 다를까 심하게 부어올랐을 뿐 아니라

까져 있었다. 화성은 지구를 올려다보더니 자신도 올려 달라고 토성에게 부탁했다. 화성은 지구의 발목을 보더니 능력과 약을 이용해 지구의 발목을 치료했다.

모두는 해를 바라보다 명왕성을 데리고 집으로 돌아갔다.

*

*

*

별을 본 날 뒤로 17년이 지난 2023년이었다. 명왕성은 지구가 가지고 온 소식에 화색을 띄웠다. 아직도 자신을 기억해주고 알아봐 주는 사람들이 지구에 남아 있었다는 소식이었다. 그동안 어둠이 드리워진 얼굴을 가지고 있는 명왕성은 26살이 되었다. 자신이 이름이 바뀐 뒤로 바란 것은 자신의 이름이 왜소행성 134340이 아닌 명왕성, 하데스의 또 다른 이름인 Pluto로 불리길 바랐다. 달보다 작으면 어떻고 내가 어느 곳에도 속하지 않으면 어떻고 내 공전 궤도가 타원형이면 어떻길래 내 이름을 뺏을 수 있다는 건지 이해가 안 됐던 것이었다. 항상 겉돌고 내가 이상하다고 해도 상관없다. 내 이름 명왕성이자 Pluto. 난 평생 잊을 수 없을 것이다. 왜소행성 134340, 나 명왕성은 작지만, 버젓이 태양계에 자리 잡은 하나의 행성이다!

12. 칠흑 같은 밤과 두려움

정이로운

오늘 밤도 시작이다. 오늘도 난 나와 싸우러 침대 위에 나를 눕힌다. 난 매일 밤 나와 한바탕 전쟁을 벌인다. 이런 전쟁을 벌인 지 약 1년이 다 돼 간다. 단순한 나의 망상이겠지만 밤마다 느끼는 나의 불안감에 그리고 너무 힘들거나 툭하면 들리는 환청으로 인해 나의 하루하루는 지옥보다 더 지옥 같다. 그렇다. 일반적인 느낌은 아니었다. 잠은 안식이지만 나에겐 "잠이란?"이라고 지금 물으면 한마디로 말할 수 있다. 생지옥. 맞다. 즉, 난 잠을 자고 싶어도 자지 못하는 불면 상태다. 졸린데 잠을 못 잔다. 눈만 감으면 무섭다. 그리고 난 악몽을 자주 꾸었다. 하루에도 몇 번씩 잠자다가 깨면 다시 덮쳐 오는 불안감에 뜬눈으로 지새우기도 했다. 그래서 요즘은 퐁당퐁당 형식으로 밤을 보내고 있다. 피곤해도 감기약을 먹은 경우만 빼면 잠을 못 자다 보니 아침만 되면 비실비실이다. 심지어 이 수필을 쓰는 때도 새벽 5시다. 10000자짜리 소설을 쓴다고 고생을 했었다. 하지만 글 쓰는 걸로 밤을 보내니까 좀 마음이 편안하다. 막상 시작을 했지만 그래도 난 마음이 편한 게 낫다. 어설프게 자는 것보단 평화롭게 글 쓰는 게 낫다. 눈을 감으면 깜깜한 어둠 속에서 슬며시 길고 붕대가 감겨 있는 손이 나를 향해 다가오는 것 같다, 끔찍하고 괴상망측한 손이 나를 향해 쑤욱 하고 뻗어 오는 그런 기분이다. 그리고 너무 힘들 때는 죽어 버리라는 소리가 귓가에서 들린다. 귀를 막아도 들린다. 그리고 이불을 덮고 옆으로 누우면 목에 끌칼이 들어와 있는 것 같다. 사실 옛날부터 내가 망상이 심한 건 아니었는데 점점 그 강도가 거세진다. 이제는 제정신이 아니다라고 할 정도까지 갔다. 잠을 자고 싶은데 내가 지친 상태가 아니면 잠이 안 오고 감기약을 먹어야 잘 수 있다니 이건 말도 안 된다. 나도 아무런 도움 없이 한 번 푹 자 보는 게 소원이다. (참고로 이거 썼을 때가 대학교 여름 방학인데 못 자가지고 개고생.) 그래서 난 처음에 죽어 버리라는 소리가 들렸을 때 '그럴까?'라는 생각을 한 적이 있었다. 옛이야기이긴 하지만 난 그게 편히 잘 수 있는 방법일 줄 알았다. 영원한 잠. 그럼 진짜 편할 것 같다면서 말이다. 하지만 그건 다 과거 이야기고 사실상 죽으면 잠도 자고 꿈도 안 꾸니까 좋긴 한데 평생 자는 건 좀 맘에 안 든다. 이제는 따돌림도 없고 괴롭힘도 없으니까 평생 자는 게 싫어졌다. 이제는 어두워도 별 상관이 없지만 두려운 건 미칠 듯이 무섭기 때문에 난 칠흑보단 공포감이 싫었다. 지쳐서 깜박 잠이 들었다. 다시 깬 것도 몇 번 있었고 한 5번 정도 겪어 보니 점점 무뎌지면서 거의 자포자기한 상태로 '어떤 악몽이 나올까. 또 언제 깰까.'

라는 생각도 한 적이 있었다. 밤만 되면 늘 그랬듯 눈이 떠지고 분명 대회도 없는데 글 쓰는 데 매달리고 있다.

언제부터 난 실체도 없는 망상에 매달렸는지 잘 모르겠다. 하지만 애초부터 나의 꿈은 거의 공상에 가까운 것이 대부분이었기에 내가 망상가가 되는 건 당연하고 예정된 미래였을 것 같다. 사실 지금은 침대 위에서 쓰고 있지만 왜 등 뒤가 싸늘할까? 밤만 되면 무슨 일이 일어날 것 같고 방 안이 되게 고요하게 느껴진다. 모든 생물이 숨죽이는 밤. 나만이 갈색빛의 눈으로 자판을 바라보고 있다. 나는 이미 평범하지 않다. 망상을 매일 한다는 것부터 정상이 아니다. 자의는 아니지만 이건 내 정신 상태도 한몫했다는 것은 확실하다. 나는 최근 몇 달간 알 수 없는 떨림이 시작되었다. 그리고 이불이나 베개를 껴안는 버릇이 생겼다. 이 습관이 생긴 뒤로 가끔 껴안은 자세일 때 손이 부들부들 떨리고 두려움이 엄습해 왔다. 나는 잘 모르겠지만 그때 든 생각은 안개 속에 내가 갇혀 있는 듯한 느낌이었다. 글을 쓰는 것도 일종에 망각, 도피를 하려고 하는 것이긴 하다. 잠시라도 두려움을 잊을 수 있으니까. 난 어릴 적부터 보이지 않는 공포가 심했기 때문에 나는 망상에 가장 큰 피해를 본 편이다. 밤만 되면 시작되는 두려움, 눈을 감으면 나를 향해 뻗어 오는 깡마른 손과 팔, 잠에 들면 거의 매일 나타나는 악몽들, 귀를 틀어막아도 계속해서 들려오는 죽으라는 목소리 그리고 계속되는 트라우마로 인한 망상까지 거의 하루에 번갈아 가면서 날 괴롭히니 내가 수필로 써서 뱉어 내야 했다. 그리곤 다시 거짓으로 감추어야겠지? 그저 쓸 게 없어서 억지로 지어낸 스토리라면서 거짓투성이인 조각으로 채워 넣어서 내가 조금이라도 덜 아프게 말이다. 생각해 보면 이런 글들은 날 깎아내리고 있기 때문에 사실상 안 쓰는 방법이 좋지만 계속 앓는다고 해결되는 것이 아닌 걸 알기에 나는 글 속에 나의 두려움과 불안함을 녹여내기로 한 것이다. 하지만 마음이 답답하다. 수필로는 전부 녹여낼 수 없는 것이 아까울 뿐이다.

13. 꽃말 나라

정이로운

봄엔 새싹들이 피어나고 여름엔 향기로운 꽃들이 손을 흔들고 가을엔 먹을 것이 풍요롭고 겨울엔 모두 새근새근 잠이 드는 이곳은 꽃과 그 꽃들을 수호하는 꽃말이 사는 꽃말 나라였다. 어느 날 슬픔과 절망, 죽음, 시듦의 꽃과 꽃말들이 나타나 대부분 꽃과 꽃말들은 죽어 갔지만 다행히 목숨만은 건졌던 9개의 꽃말은 이름을 잃고 죽어 가는 주인들과 친구들을 위해 여행을 떠나기로 했다. 하얀 안개꽃을 필두로 튤립, 제비꽃, 빙카, 민들레, 카네이션, 나팔꽃, 과꽃, 매발톱꽃이 따랐다. 비록 자신들도 진짜 이름을 잃고 꽃 이름을 쓰기로 했지만, 막상 떠나려니 막막해 안개꽃의 안내에 따르기로 했다.

약 1시간이 지났을까? 매발톱꽃은 주위를 둘러보았다. 아무리 생각해도 길을 잘못 든 듯한 느낌이 든다. 빙카는 생각이 난 듯이 이마를 '탁' 쳤다.

"아 맞다⋯. 우리 다 잊고 있었는데 쟤 길치 아니었어?"

모두가 굳어 버렸다. 나팔꽃이 안개꽃을 툭툭 쳤다. 안개꽃의 눈은 누가 봐도 자신이 길을 못 찾았다는 걸 알려 주고 있었다. 나팔꽃은 매섭게 째려보면서 화를 냈다. 나침반이나 지도라도 챙겨 와야 하지 않냐고 길도 모르면서 왜 앞장섰냐면서 소리를 질렀다. 그러자 카네이션이 사이를 가로막으면서 싸늘한 표정으로 말했다.

"불만이면 네가 가든가."

하지만 안개꽃은 가져올 여건이 안 됐다. 집에는 지도나 나침반이 없어서 못 가지고 나왔던 것인데 억울했다. 제비꽃은 그만 싸우라면서 둘을 중재시켰다. 과꽃도 변화하면 안 된다면서 거들었다. 나팔꽃이 고개를 돌려 과꽃을 바라보았다. 그러고선 변화가 꽃말이면서 왜 그런 말을 하냐면서 주인을 물었다. 과꽃은 미소를 지으며 입을 열었다.

"이봐요. 지금 귀족에게 말버릇이 뭡니까? 저는 과꽃입니다. 지금 가장 왕족에게 가까운 귀족 가문이 과꽃 가문인데 지금 저에게 뭐라 하시는 겁니까? 천민을 모시면 가만히 입 다물고 계시죠? 나팔꽃 님?"

나팔꽃은 이를 물고 가만히 있었다. 아무리 계급이 낮아도 자기 주인을 욕보이는 게 분한 모양이었다. 하지만 주인의 가르침 때문에 참을 수밖에 없었다. 계급이 낮은 건 사실이었다. 민들레는 싱긋 웃으면서 이름이 예쁘다고 했다. 그러자 과꽃은 신이 나서 추억이라는 뜻도 있다고 했다. 튤립은 민들레를 바라보았다. 알 듯 말 듯 한 생김새여서 흔한 꽃 같지만, 알 수가 없었다. 튤립은 민들레를 불렀다. 민들레는 그제야 튤립을 바라보았다. 그녀의 하얀 머리카락과 노란 눈동자는 햇빛을 받아 반짝거렸다. 튤립이 민들레의 생김새로는 주인이 분간이 안 간다고 하자 민들레는 얼굴을 붉히며 말했다.

"저는 조금 특이한 경우에요. 주인님이 토종을 좋아하셔서 절 이렇게 만들어 주셨어요."

튤립은 입술을 물고 떠올리기 위해 머리를 굴려 보았지만, 도저히 알 수가 없었다. 결국 민들레는 '감사하는 마음'이라면서 꽃말을 알려주었다. 안개꽃은 길을 찾은 듯이 앞을 가리키며 말했다.

"민들레구나! 요즘 한국 토종은 사라진 지 오래인데."

매발톱꽃은 강아지풀을 입에 물고 말했다.

"한국 토종이 많이 없어졌지. 시골에 가도 1~2개 있을까 말까야."(사실 작가인 나도 본 적이 거의 없다.)

나팔꽃은 민들레를 뜯어보았다. 하얀색과 노란색의 눈빛이 자신과 다르게 빛나서 눈부셨다. 나팔꽃은 자신의 파란 눈과 하늘색의 눈빛을 아쉬워했다. 자신도 이렇게 생기긴 싫었지만, 나팔꽃은 빛나는 꽃이 아니기에 이리 태어날 수밖에 없었다. 과꽃은 토종 민들레를 알고 있었기에 그리 놀란 표정은 아니었다. 민들레를 힐끗 보더니 하늘을 바라보면서 말했다.

"아마 주인은 토종 민들레를 좋아했을 거야. 아마 주인도 토종 민들레 출신이겠지. 그나저나 참 신기해. 순수혈통 종족인 토종 민들레 수호신은 1,000명의 1명꼴인데 말이야. 너는 하얀 꽃잎에 노란 중심부를 가지고 있지⋯."

　민들레는 순간 무언가를 느꼈다. 숲 입구에 작지만 예쁜 꽃을 달고 죽어 있는 여성과 그런 여자를 안고 울고 있는 꼬마가 있었다. 민들레는 그 아이를 보자마자 "망초야! 물망초!"라면서 달려갔다. 물망초는 그녀를 보자마자 힘이 풀려 버렸는지 여성을 안고 있던 손이 사르르 풀려 버렸다. 민들레는 재빨리 그녀를 품에 안았다. 물망초 수호신의 이름은 초망이었다. 이미 수호신이라 해도 물망초를 지키지 못했으니 숨이 약해지고 있었다. 그녀는 숨이 끊어지기 직전까지 물망초를 지키려 했지만 약한 탓에 지키질 못했다. 민들레는 초망이에게 물망초에 시체를 안겨 주었고 그녀를 나무에 기대게 했다. 물망초는 "나를⋯ 잊지 마세요."라는 꽃말을 내뱉고는 고개를 떨구었다. 민들레는 그 자리에서 하염없이 울었다. 그토록 함께 지낸 물망초에게 마지막으로 들은 말이 물망초의 꽃말일 줄은 상상도 못 했다.

　안개꽃은 슬픈 표정으로 민들레를 바라보았다. 그리곤 조용히 말했다.

　"주인이 없으면 꽃말은 죽어 버리지⋯. 그래서 주인을 지키는 게 임무."

　카네이션은 숲에 같은 계열의 꽃이 갇혀 있다고 말했다. 그러자 갑자기 제비꽃이 엄청난 속도로 튀어 나갔다. 그녀의 외침은 쩌렁쩌렁하게 하늘을 흔들 정도였다.

　"터스야! 시스터스!"

모두가 그녀를 부르며 쫓아갔지만, 그녀는 넘어져도 굴러도 이를 악물고 달려 나갔다. 그녀의 몸은 이미 만신창이었는데 말이다. 모두가 따라잡았을 때 제비꽃은 작은 꽃으로 장식된 화관을 쓴 여자아이를 안고 있는 여성을 마주하고 있었다. 제비꽃을 울먹이면서 여성의 눈을 마주했다. 그녀는 제비꽃을 보더니 희미하게 미소를 지었다. 제비꽃은 가망이 없다는 걸 알았지만 그래도 웃으며 말했다.

"시스터스야 나야. 잘 지냈어? 오랜만이야."

시스터스라고 불린 여성의 이름은 시터였다. 그녀도 웃으며 답했다.

"오랜만이야. 빙카 너도 잘 지내⋯."

그녀는 차마 말을 못 잇고 피를 토했다. 제비꽃은 그녀를 부축했다. 시스터스는 눈을 떠서 그녀의 눈을 마주 보았다. 그 순간 제비꽃은 어제 시스터스가 한 말을 떠올렸다. "저는 내일 죽습니다." 제비꽃은 어떻게든 일으키려고 했다. 그러자 시터가 손을 잡으며 말했다.

"난 이미 글렀어⋯. 빙카⋯ 저 안에⋯ 그⋯ 아⋯이 안츄⋯사."

시터는 더 이상 말할 기운도 없는지 팔을 떨어트렸다. 제비꽃은 그녀를 몇 번이고 흔들고 이름도 불러보았지만, 그녀가 다시 눈을 뜨는 일은 없었다. 제비꽃이 일행을 바라보았을 때 과꽃은 이미 튀어 나가고 없었다. 과꽃은 "츄사야 안츄사⋯."라고 말하면서 숲으로 달려 나갔다. 아무도 못 믿고 방어적인 성격의 안츄사였지만 사촌 관계인 과꽃의 말을 곧이곧대로 믿기 때문에, 줄곧 장난에 넘어가는 안츄사였기에 더 이상 지체할 수 없었다.

모두가 안츄사를 찾았을 때 이미 늦은 뒤였다. 안츄사의 수호신 사안은 이미 안경을 쓰고 하트가 손등에 새겨진 남성과 죽어 있었다. 끝까지 지키고 싶었던 것인지 주인의 손을 꼭 잡고 있었다. 한쪽 손엔 쪽지가 쥐어져 있었다. 그 쪽지엔 "나는 더는 널 믿지 못하겠어. 진실한 사랑."이라는 꽃말이 쓰여 있었고 자신이 다음에 안개꽃이었으면 좋겠다고 적혀 있었다. 과꽃은 사안의 머리를 어루만지며 말했다.

"안츄사… 넌 누구보다도 멋진 아이였어…."

안개꽃의 일행은 악의 꽃말들이 잔뜩 있는 성에 도달해 검은 장미 '다크'를 만나게 되었다. 검은 장미는 기품 있는 여성이었다. 그녀는 마법을 이용해 사뿐히 내려앉더니 웃으면서 말했다.

"아직 오염되지 않은 꽃말이 있다니 놀랍군요."

나팔꽃은 다크를 보자마자 "검은 장미 당신은 영원히 나의 것, 당신은 나에게서 벗어날 수 없어."라고 읊었다. 민들레는 강한 빛을 내며 말했다.

"이제 정화의 시간이다!"

그렇게 교착이 계속되었다. 하지만 악의 힘이 강대했던 탓일까? 튤립인 쿠미와 제비꽃인 루미는 악의 파동으로 꽃이 먹혀 버리고 민들레인 리아와 과꽃인 타메는 악의 결계에 갇혀 빛을 잃고 죽어 버렸다. 나팔꽃인 하늘과 카네이션인 리프는 악이 머릿속을 갉아먹어서 죽고 말았다. 빙카인 스이와 매발톱꽃인 슬이마저 악의 바람으로 인해 꽃잎이 다 사라져 버렸다. 결국 마지막으로 남은 것은 꽃말 나라에 유일하게 남은 생존자이자 유일한 왕족인 안개꽃 시로였다. 시로는 눈을 감았다.

"내가 할 수 있는 건 여기까지인가 봐…. 어머니, 아버지, 오빠… 왕국을 잘 부탁해…. 친구들아… 나 돌아올게. 그러니까… 그…러니…까 날 잊지 말아 줘. 미안해…. 하지만… 국민과 모두를 다시 살리려면… 그러려면… 어쩔 수 없어!"

엄청난 빛이 터진 후 다크와 시로의 모습은 보이지 않았다. 목숨을 잃거나 죽음의 문턱까지 간 꽃과 꽃말들은 생명을 얻었고 꽃말 나라는 다시 반짝거렸다. 하지만 그 어디에도 시로의 모습은 보이지 않았다.

시간이 흘러 따듯한 5월과 6월 안개꽃이 만개할 때 이상한 모습이 관측되었다. 모든 꽃이 꽃잎을 오므리고 안개꽃을 향해 고개를 숙였다. 모두는 그 모습을 보고 시로가 살아 있을 거라고 믿고 있다. 언젠가 돌아올 거라면서 굳게 기다리며 안개꽃의 달이라고 정해 놓았다고 한다.

*

*

*

시로가 사라진 지 5년 정도 되었을까? 5월이 찾아왔다. 쿠미는 국화를 안개꽃 곁에다 심었다. '당신은 정말 좋은 친구입니다.'라는 뜻이었다. 쿠미는 눈물을 지은 뒤 그 자리에서 하늘을 바라보았다. 리아는 두리번거리다 배롱나무를 심었다. '떠나는 벗을 그리워하다.'라는 뜻이었다. 그리곤 쿠미 곁에 앉았다. 리프도 야생 스타티스를 심었다. '생각할수록 그립다.' 시로를 잃은 괴로움에 항상 악몽을 꾸는 리프는 풀을 뜯어 입에 물었다. 하늘은 흰 장미 한 송이를 가지고 왔다. '다시 만날 수 있을까?' 비록 길치에다 하나도 안 미더운 친구지만 그래도 의리가 있는 친구였기에 다시 만나고 싶었다. 하늘은 편지를 장미 근처에 두었다. 스이는 백일초를 들고 와서 심었다. '죽은 친구를 애도하며.'라는 뜻이 있었다. 스이는 안개꽃 앞에서 기도했다. 시로가 다시 돌아와 주기를 기도했다. 타메는 주변에 자작나무를 심었다. '당신을 기다립니다.' 타메는 잠에서 깨면 항상 시로를 찾았다. 분명히 죽었는데도 시로가 살아왔나?라는 기대감으로 인해 항상 시로를 찾았다. 슬이는 버드푸드를 심었다. '다시 만날 날까지.'라는 뜻이 있기에 자신이 그리워하는 걸 알리기 위해서였다. 루미는 작은 민들레 하나를 심고 꽃을 바라보았는데 안개꽃 사이에 노란 꽃잎을 달고 있는 꽃이 피어 있었다. 루미는 모두를 불러 이 꽃을 조심스레 옮겨 심는 순간! 꼬마 여자아이 1명과 남자아이 1명이 튀어나왔다. 남자아이가 멀리 날아가는 걸 보자마자 여자아이는 뛰어가서 남자아이를 받았다. 소녀는 숨을 내쉬더니 중얼거렸다.

　"하아 하아…. 무거워. 시로 씨 너무한 거 아냐? 으윽… 더는 무… 무리."

하늘은 어쩔 수 없다는 듯이 그 소녀에게 다가가 그녀가 안고 있는 남자아이를 들어 올려주었다. 상황이 어느 정도 수습된 후 하늘은 그 둘의 모습을 살펴보았다. 남자아이는 노란 머리와 빨간 눈동자를 가지고 있었고 소녀는 수호신 같지만, 소년과 반대였다. 슬이는 하늘을 톡톡 치더니 말했다.

"하늘, 이 꽃 남오미자라는데 이 꽃말이 뭔지 알아?"

모두 다 남오미자를 바라보았지만, 알 리가 없었다.

소년이 깨어나려고 하자 모두가 바라보았다. 소년은 소녀를 오미라고 부른 후 여기가 어디인지를 물었다. 소녀는 친절하지만 무뚝뚝하게 대답했다. 둘의 관계는 하늘이 예상한 대로 오미라고 하는 여자애는 소년의 수호신이고 소년은 남오미자가 인간화한 것이었다. 하늘이 잠자코 듣다 말을 끊었다.

"그러니까 지금 시로의 부탁으로 와서 이 꽃의 꽃말이 우리한테 할 말이었다는 거야?"

남오미자의 실체화를 한 소년이 화났는지 하늘을 바라보았다.

"그럼 어쩌라는 거냐? 우린 그분의 전속 계약자다. 이런 일을 하는 꽃말 종족이 흔한 줄 알아? '다시 돌아올게.'라는 말을 직접 전하러 오는 것만으로도 영광이라고 우리가 더 우월한 종자란 말이다. 이 시퍼런 머리야."

하늘을 화를 가라앉히며 물었습니다.

"아 그러세요? 몰라봐서 죄송합니다. 그럼, 임무를 마저 수행하시는 게 어떠세요?"

그렇게 남오미자의 뜻은 '다시 돌아온다.'라는 뜻이었고 오늘은 잠시 있을 수 있기에 먼저 가서 알려 주라는 명을 받았다고 했다. 그런 명이 있었기에 여기로 올 수 있었고 모두에게 알려 줄 수도 있었다고 했다. 그 둘이 살짝 뒤로 가자 누군가 뒤에서 하늘을 안았다. 뒤에서 안은 존재는 향기로운 꽃향기와 함께 싱그러운 풀 향기가 났다. 하늘을 안은 존재는 "잡았다."라는 장난스러운 목소리를 냈다. 하늘이 몸부림치자 그 존재는 더 꽉 안은 채 "움직이지 마."라고 했다. 그 목소리에 모두가 뒤를 보자 모두는 눈을 의심했다. 그날 죽은 줄 알았던 시로가 살아 있을 때처럼 와서 웃고 있었다. 그녀의 품엔 사랑초가 있었고 금사슬 나무의 잎이 머리에 달려 있었다. 사랑초의 꽃말은 '영원히 함께하겠습니다. 버리지 않겠습니다.'라는 의미를 담고 있었지만, 금사슬 나무는 반대의 뜻을 담고 있었다. 그녀는 웃으며 말했다.

"얘들아 고마워. 매일 와 주어서. 근데 나… 이승에 못 머물러. 잠시라도 너희를 보고 싶어서 떼써서 온 거야. 이거 뭔지 알아? 이건 꽃담배야. '그대가 있어 외롭지 않네.' 나 없어도 너희 곁엔 친구들이 있잖아. 외롭지 않겠지? 나 생각 많이 하지 마. 그냥 현생에의 친구들하고 즐겁게 살아 알겠지? 잘 있어! 나의 최고의 친구들!"

오미와 시로가 사라지고 남오미자도 사라졌다. 루미는 사랑초를 꼭 안은 채 눈물을 흘렸다. 루미는 크게 소리쳤다.

"시로 이 바보야! 온다면서! 돌아온다면서! 왜 다시 가는 거냐고! 이

바보 자식아!"

리아는 그 자리에서 꽃담배를 안은 채 쪼그려 앉았다. 그리곤 조용히 말했다.

"시로야 우리 이제 만났잖아…. 근데 왜 다시 가? 안 가면 안 됐던 거야?"

일행은 더 이상 그 자리에 있지 못하고 돌아갔다.

그 시각 시로는 저승과 이승에 있는 경계선의 세상에서 울면서 남오미자에게 말했다.

"나 미련 안 남기려고 했는데 진짜 한 번만 더 보면 될 줄 알았는데. 근데 나 더 있으면… 안 돼?"

남오미자와 오미는 그녀를 안아 주면서 생각했다. 결국 그들은 시로가 한 번 더 살 수 있게 하기로 마음을 먹고 그녀에게 마법을 걸었다. 그녀의 머리는 다시 찬란한 하얀 머리카락이 되었고 그녀의 눈은 다시 까만 눈이 되었다. 그녀의 머리에는 생전에 쓰고 있던 안개꽃의 화관이 나타났고 그녀의 옷은 생전에 입었던 하얀 천 소재의 옷으로 바뀌어 있었다. 그녀는 울음을 그치고 자신의 모습을 바라보았다. 남오미자는 그녀에게 한 번의 삶을 더 살 수 있게 해 주는 대신 이번엔 착실하게 주인의 곁을 지키라고 했다. 절대 꽃말 나라에서 나가지 않으면 계속 살게 해 주겠다고 대신 나가지 못하는 건 30일만이고 그 뒤엔 나가도 뭐라 안 하겠다는 것이었다. 시로는 알겠다고 하고선 다시 한 번의 삶을 얻었다.

그녀의 주인인 안개꽃은 계속 울고 있었다. 세상에 시로가 없는데 그녀의 수호신이 목숨을 잃었는데 그녀에게 승리고 평화고 다 필요 없었다. 수호신을 다시 만들어도 되지만 그녀는 시로를 그리워할 뿐 다시 만들지 않고 있었다. 그녀는 그저 시로가 보고 싶었다. 악몽이라도 좋으니 시로가 꿈에 나와서 말이라도 해 주면 좋겠다고 생각했다. 시로는 그 모습을 보고 주인을 웃게 하고 싶다고 생각했다. 시로는 뒤로 몰래 다가가 그녀를 '획' 덮쳤다. 그리곤 그녀의 귀에 속삭였다.

"많이 보고 싶으셨죠? 죄송해요. 말도 없이 가서 이제 절대 떠나지 않을게요. 주인님 곁에 있을게요."

그녀가 뒤를 돌아보자 그녀는 시로를 안고 울음을 터뜨렸다. 다시 돌아오지 않을 줄 알았던 시로가 영원히 다시 돌아올 수 없을 것 같았던, 시로가 자신의 눈앞에 두 다리로 서 있었으니까. 멀쩡한 모습으로 돌아왔으니까. 그녀는 믿을 수 없었다. 시로는 그녀를 조심히 토닥여 주었다. 안개꽃의 울음이 잦아들었을까? 시로는 그녀의 눈을 다시 볼 수 있었다. 그녀는 이 시간이 꿈인지 현실인지 분간이 안 갈 정도로 행복했다. 지금 당장이라도 밖으로 나가서 시로가 돌아왔다고 나의 수호신이 다시 왔다고 알리고 싶었다. 하지만 지금은 시로랑 같이 이야기하고 싶다고 생각했다. 시로가 없는 동안 무슨 일이 있었는지 안개꽃은 시로에게 다 말해 주고 싶었다. 시로와 그녀는 밤새도록 이야기했다. 그들을 바라보는 의문의 그림자가 있었다.

"와, 정말 돌아왔네? 이거 거짓말이 아니었구나? 그래 30일 이후에 두고 보자고 너 때문에 이렇게 되었으니까 참 안타깝지? 나도 원래 너의 국민이었는데 검은 꽃이라고 해서 날 쫓아내더라. 시로… 너만은 다르기를 바랄게."

시로는 밖을 바라보다 알 수 없는 섬뜩한 기분이 들었다. 시로는 주변을 경계하다 잠을 잤다.

*
*
*

그렇게 시로가 다시 2번째 삶을 얻은 지 30일이 지났다. 주인과 함께 있는 것은 물론이고 주인과 보내는 시간 비중을 늘렸다. 30일이 지났지만 여전히 주인이 제일 중요하고 소중했다. 주인과 헤어지는 것이 가장 슬프다는 것을 뼈저리게 알게 되니까 시로는 주인과 떨어지는 것을 싫어했다. 하지만 떨어져야 할 때는 떨어지고 아닐 때는 항상 붙어 있었다. 하지만 최근에 시로는 자꾸 누군가 자신을 지켜보는 것 같다고 느꼈다. 자꾸 주변을 의식하게 되고 자꾸 주변을 경계하게 되었다. 시로는 이제 잠도 제대로 못 자고 있었다. 그때마다 주인이 같이 있는 것만으로도 다행이었지만 시로는 자신이 무력하다는 것을 느꼈다. 결국 그녀는 자신이 다크와 대치를 했던 곳으로 가 보기로 했다. 물론 이번엔 주인에게 뭔가 이상한 기분이 들어서 다크를 봉인한

장소에 간다고 얘기를 했다. 시로는 다시 그 거친 길을 올라갔다. 한 번 갔던 길이라 그런지 이번엔 헤매지 않고 잘 찾아온 것 같았다. 역시나 다크가 부활해 있었다. 시로는 본능적으로 정화 자세를 취했다. 하지만 다크는 5년 전과 무언가 달라 보였다. 살짝 슬프면서 아련한 눈빛으로 시로를 바라보았다. 시로는 정화 자세를 풀었다. 다크는 시로를 바라보더니 의아한 표정을 지었다. 다크는 입을 조심스레 떼며 물었다.

"왜 공격하지 않지? 난 괴물인데? 난 널 죽인 거나 마찬가지다. 너네가 사랑하는 모든 것을 죽였었고 네가 소중히 여기는 친구들도 죽였었다. 모든 걸 파괴했었어! 왜 날 공격하지 않는 건데? 나에게 자비를 베푼다고 달라질 것은 없어…. 난 지쳤어…. 그러니까 시로 안개꽃의 수호자여… 이제 날 편하게 해 줘. 악의 힘에 저항하는 것도 이런 짓거리를 하는 것도 지겨워. 지겹고 힘들어…."

시로는 다크를 바라보았다. 시로는 사실 알고 있었다. 그녀가 누군지 왜 이렇게 되었는지 알고 있었다. 그는 약 20년 전 마을에서 유일하게 색이 어두운 꽃의 수호자였다. 다른 꽃들은 다 반짝거리고 예뻤는데 어떤 뒷골목에서 구르다 온 것 같은 색이 마을에 돌아다닌다면서 모두가 합심해서 쫓아내 버렸다. 시로도 알고 있었다. 왜냐면 그녀는 새카만 겉모습 안에 있는 하얀 마음을 눈치챈 다크의 유일한 친구였으니까. 시로는 다크에게 다가갔다. 만약 그녀가 아직도 하얀 마음을 보여 줄 수 있다면 다시 그 모습을 보여 준다면 좋겠다. 시로는 다크에게 손을 내밀고 말했다.

"다크 다시 한번 그 모습을 보여 줘. 내가 널 처음 봤을 때 그때처럼… 하얀 마음을 아직 가지고 있다면 내 손을 잡아. 내가 마을로 데려다줄게. 너도 사실 외로웠던 거잖아? 혼자가 싫었던 거잖아? 난 다알아. 옛날을 기억해?"

다크는 시로의 손을 바라보았다. 그녀는 그곳에 무릎을 감싸고 앉았다. 도저히 손을 잡을 엄두가 안 났다. 시로는 그런 다크의 곁에 갔다. 그리곤 다크의 어깨를 잡았다. 다크는 그 손을 뿌리치지 않았다. 그냥 평범한 아이처럼 그녀의 몸에 있던 악의 기운을 이겨 낼 수 있도록 시로는 그녀의 몸에서 손을 떼지 않았고 그녀 역시 시로의 손을 어깨에서 내치지 않았다. 그렇게 그녀들은 몇 시간 동안 말을 하지 않았다. 악의 기운이 다 빠졌을 즈음 시로는 잠들어 있었다. 다크도 지쳤는지 잠들어 있었다. 그녀들의 잠든 모습은 정말로 아름다웠다. 화원에 핀 꽃처럼 반짝반짝 빛이 났다. 시로의 모습은 그대로였지만 다크의 모습은 조금 달라졌다. 갈기갈기 찢어진 옷 대신 까맣지만 반짝반짝한 반짝이가 빛을 내는 원피스와 머리에는 까만 장미가 얽혀 있는 화관이 생겨났다. 그녀의 눈은 회색으로 물들었고 머리카락은 약간의 하얀빛이 도는 까만 머리카락이었다. 시로가 하도 안 와서 찾으러 출발한 원정대가 도착해서 본 모습은 서로에게 기대서 자고 있는 20년 전 추방자와 고귀한 왕족 시로의 모습이었다. 그들은 20년 전 추방자가 왜 여기서 시로와 같이 자고 있는지는 몰랐지만 무언가 알 수 없는 기분이 들어 그녀의 수호 꽃과 함께 돌아왔다. 시로가 깨어난 이후 다크의 의식도 돌아왔지만 그녀의 주인은 깨어날 기미가 보이지 않는다. 시로는 결국 다크와 해결 방안을 찾아보기로 했다.

*

*

*

시로는 우선 검은 장미의 상태를 살펴보았다. 상태에는 큰 문제가 없어 보였다. 꽃잎도 잘 달려 있었고 찢어진 곳도 없었다. 다크는 꽃말 나라에 적응을 못 하고 있었다. 전에 밖에 나갔는데 아직 어린애들이 검은색을 악마로 봐서 실컷 두들겨 맞았다고 했다. 지금은 주인이 돌봐주고 있지만 다크를 계속 안에 둘 수도 없으니 적어도 주인 없는 꽃말 소리라도 안 듣게 해야겠다. 시로는 근데 그게 의문이었다. 어째서 주인이 잠든 후 깨어나지 않는데 어째서 다크는 산 걸까? 시로 생각으로는 꽃이나 실체화된 모습이 죽지 않으면 살 수 있는 것 같았다. 시로는 우선 밝은 빛을 1시간 정도 쬐면 뜨거워서 깨지 않을까 했지만 깨긴커녕 꿈쩍도 안했다. 다음은 높은 곳에서 밀어 보았지만 놀라지도 않았다. 어두운 곳에도 십여 시간 뒤 봤지만 아무래도 꿀잠 주무시게 한 것 같았다. 나랑 다크는 약 1년간 그분을 깨우기 위해 고민을 해 보았지만 역시 그 방법을 사용할 수밖에 없나 보다. 이건 왕국 예

법에도 걸리기 때문에 시선이 닿지 않는 곳에서 하기로 했다. 바로 위험한 상황이 벌어지게 해서 깨우기. 꽃의 실체화와 수호신은 긴밀한 관계가 되어 있어서 서로의 위험을 감지할 수 있을 뿐만 아니라 도와줄 수도 있었다. 그래서 시로가 다크를 향해 공격하면 깨어나지 않을까 해서 한 번 도전해 보기로 했다. 시로는 다크를 향해 소리쳤다.

"준비됐지? 간다!"

그렇게 시작하려는 순간 검은 장미에서 빛이 나더니 한 고귀한 숙녀가 나와서 시로와 다크 사이를 가로막았다. 그녀의 모습은 검은 날개에 길고 검은 드레스였다. 그녀는 날 보더니 미소를 지었다. 그리곤 말했다.

"뭐야, 누군가 했더니 너였구나. 용케도 다시 살았네?"

시로는 '이게 깨워 준 사람에게 보일 태도인가?'라고 생각했다. 시로는 깨어난 검은 장미와 함께 꽃말 나라로 돌아갔다. 그렇게 약 21년에 걸친 시로의 여행은 막을 내렸다. 앞으론 자신의 앞만 보고 살아가기로 시로는 결심했다.